KB269672

목로주점 읽·기·의·즐·거·움

불안의 시대, 파리를 살아간 인간군상의 기록

불안의 시대, 파리를 살아간 인간군상의 기록

e시대의 절대문학

목로주점

읽·기·의·즐·거·움

불안의 시대, 파리를 살아간 인간군상의 기록

| 조성애 | 에밀 졸라 |

살림

들어가는 글

　1877년은 프랑스 문학사에서 아주 중요한 획을 긋는 해이
며 엄청난 파문이 일어난 해이다. 바로 서점에 『목로주점』이
나온 해이기 때문이다.

　『목로주점』은 프랑스 문학사상 처음으로 민중이 읽었던
책, 민중이 환호한 책, 민중의 입장에서 민중의 언어(하층계급
의 언어, 속어)로 쓰인 책이며, 다른 세상에 속한 사람들이 아
니라 똑같이 환희와 고통을 겪으며 살아가는 인간으로서의
민중의 존재를 느끼게 해준 책이라고 할 수 있다. 당시 작가
들이 노동자들과 하층계급을 다른 세상에 속한 사람들인 양
호기심 어린 엿보기 취향에서 접근한 데 비해 졸라는 이들의
생활상에 대한 면밀한 관찰을 넘어 이들의 욕망, 희망, 두려

움, 고통을 이야기한다. 바로 거기에서 『목로주점』의 뛰어난 사실성과 문학적 감동을 느낄 수 있다.

당시 부르주아들의 무의식에는 예전의 농민들의 폭동처럼 노동자들도 자신들을 공격하지 않을까, 그리고 이들의 알코올로 인한 무절제와 성적 방종이 자신들도 전염시키고 타락시킬지도 모른다는 두려움이 깃들여 있었다. 이런 전전긍긍하는 모습은 소설 속에서 전염에 대한 두려움(노동자 집단 거주 아파트는 격리와 감시의 역할임)의 기호, 범람과 홍수의 기호(파리를 범람시키는 콜롱브 영감의 증류기의 알코올 이미지)로 나타난다.

반면 노동자들 또한 예전의 노예 상태로 되돌아 갈지도 모른다는 생각 속에서, 1851년의 쿠데타에서 학살된 노동자들을 기억하면서 부르주아에 대해 두려움과 불신을 가지고 있으며 이런 두려움은 (이들이 파리로 일하러 들어갈 때의 모습처럼) 침몰의 기호 속에서 내면화되어 나타난다. 이처럼 당시의 생활상에 대한 탁월한 민속학적 자료로서도 손색이 없는 동시에 당시대인들의 무의식적 두려움을 풍부한 상징과 기호를 통해 육화시킨 『목로주점』은 시대를 뛰어넘어 지금도 감동을 절절히 느낄 수 있는 놀라운 책이라고 할 수 있다. 그리고 그것은 바로 졸라만의 독특한 글쓰기로 인한 것이다.

오랫동안 대학계와 문학계의 비평가들은 『목로주점』과 그

후속편이라고 할 수 있는 『제르미날』을 19세기 노동운동의 역사를 보여주는 흥미로운 사실적 자료로써, 노동자 계급에 대한 일종의 보고서로만 보고 있었다. 당시 대중들의 엄청난 인기를 끌었다는 점에서 오히려 통속적인 신문 연재소설로서만 인식되면서 대학 비평계에서는 외면당해 왔었다. 이들은 『목로주점』이 당시의 문학적 규범에 과감히 도전장을 내면서 새로운 글쓰기의 규범을 제시한 혁신적인 기법의 소설이라는 것을 간과하고 있었다.

문학에서조차도 배제되었던 하층계급의 노동자 여성을 주인공으로 했다는 사실뿐만이 아니라 발자크 식의 전지전능한 작가의 목소리 대신 주인공의 내면의 목소리를 들려주는 자유간접화법의 원숙한 사용, 인상주의 미술 기법에서 빌려 온 화려하고도 생생한 현실 묘사, 시선과 행동의 대리인(신참자의 호기심 많은 시선, 작업 중의 노동자 등)을 사용함으로써 자연스럽게 현실의 묘사를 이끌어내는 수법 등은 그 당시에는 혁신적인 글쓰기 방식들이었다.

다행히 1950년 이후의 신비평(마르크스적 비평, 구조주의 기호학적 비평, 심리학적 비평, 사회비평, 심리비평, 발생론적 비평 등)에 힘입어 자연주의의 대가 졸라에 대한 관심이 증폭되고 그의 소설들은 다시 새로운 관점 속에서 무수히 재해석되고 있다. 또한 그의 소설들이 여전히 초, 중, 고등학교의 교양서로서 풍부하게 읽혀지고 있다는 점에서 졸라는 지금도 왕성하게 활동하는 살아있는 작가라고 할 수 있다. 그런 점에서 『목로주점』에 대해 심층적으로 설명할 수 있는 이런 기회는 무척이나 다행스럽고 소중하게 여겨지며 한국의 독자들이 졸라의 글쓰기 방식에 대한 이해를 통해 창의적 분석력을 키워나가는 한편 이를 토대로 다양한 문학작품들에 대한 폭넓은 이해와 분석으로 나아갈 수 있기를 바라는 바이다.

조성애

3장 『목로주점』의 탄생

2부 ı 해석적 읽기

1장 리라이팅

2장 해석

목로주점 읽·기·의·즐·거·움
Emile Zola

3부 | 관련서 및 연보

1 에밀 졸라

문학에 있어서 19세기를 진단하는 의사와

생리학자가 되고자 한 졸라는 인물들을 환자처럼 다루며

이들의 인간적 사회적 문제들을 해부한다.

인물들의 열정이 사회적 환경에 따라

어떤 방식으로 작동되는가를 실험한다.

물론 이것은 인간을 변화시키거나 개선시키기 위한 것이다.

인간들은 환경에 따라 선할 수도 악할 수도 있다고 보기 때문이다.

『목로주점』이 술과 게으름으로 파멸에 이르는

노동자들의 삶의 과정을 그린 것이라면

이것은 환경이 인물들의 의지와는 상관없이

이들을 해체하는 막강한 힘이라는 것을 보여주기 위한 것이다.

1 장 ─ 졸라의 생애

성장기부터 『루공-마카르 총서』의 구상까지

성장기 (1840~1870)

1840년 4월 2일 파리에서 출생. 이탈리아인 토목기술자 아버지를 둔 졸라는 청소년 시절을 프랑스 남부 엑상 프로방스에서 보낸다. 그곳 중학교에서 만난 세잔과의 우정은 유별나며 이들은 프랑스 남부의 산과 들판을 같이 쏘다니며 목가적 시를 암송하고 자연의 아름다움에 심취해 행복한 시절을 보낸다[1]. 신화, 전설, 민담 등이 풍부한 곳, 신비한 자연의 남부에서의 생활은 천재적 이야기꾼 졸라를 형성하는 데에 많은 영향을 미쳤을 것이다. 1847년 아버지의 죽음으로 심한 경제난을 겪게 되는 졸라는, 엑상 프로방스에서 고등학교를 다니다가 파리로 올라와서(1858) 대학입학자격 시험을 준비

하나 두 번이나 실패한다(1859). 이 시기는 학위도 없고 일도 없던 가장 어려운 시기였으나, 적어도 대작가들의 작품을 많이 읽을 수 있는 시간을 가지면서 문학과 글쓰기에 대한 질문들을 생각한 시기이기도 하다.

첫 번째 작품활동 (1862~1865)

아세트 출판사에서 사무원을 거쳐 발송부에서 일하다 광고부 책임자가 된 그는 진보적 사상가들과 문학계와 교류하게 되고 신문에 처음으로 기사들을 싣게 된다. 이후 『니농에게 바치는 이야기』(1864), 자서전적 소설인 『클로드의 고백』(1865)을 쓴다. 1865년에 그는 "기질을 통해 본 자연의 한 측면"(1865년 7월 26일 기사)이라는 글을 통해 자신의 예술적 소신에 대해 언급한다.

최초의 투쟁들과 『루공-마카르 총서』의 개념(1866~1870)

아세트 사를 떠나(1866) 전업 작가의 길을 택한 졸라는 여러 신문에 논평들을 기고하면서 생활하게 된다. 당시 마네와 조만간 인상주의자들로 불리게 될 화가들을 옹호하면서 보수적인 아카데미 미술학파에 대항하는 활발한 투쟁을 벌인 졸라는 젊은 논객으로서의 인상을 대중에게 각인시킨다. 1867년 『테레즈 라켕』, 1868년에 『마들렌 페라』를 발표하고

한 가족사를 다루게 될 소설 연작에 대해 구상한다. 제2제정을 비판하는 공화파 신문들을 통해 점점 더 과격한 기사들을 발표하고(1869~1870) 이 체제를 철저히 비판하는 『루공가의 운명』(1870)을 기점으로 『루공－마카르 총서』의 연작을 시작한다. 그의 소설과 논평들은 언제나 많은 스캔들을 동반하지만 다행히도 제2제정이 몰락하면서 법적인 제재를 모면하게 된다.

『루공-마카르 총서』 시기 : 1870~1893년

성공을 향하여 (1870~1877)

국민의회에 대한 기사를 담당하게 된 졸라는 국민의회의 보수주의를 맹렬히 공격하며 내전에 이어 파리 코뮌파[2]들을 진압하려고 계획하고 있는 베르사유 왕당파를 비난하며 총살당한 자들을 동정하고 파리 코민 가담자의 사면을 요구한다. 『제르미날』에서처럼 보수주의 지도자들의 이기주의로 인해 고통 받는 가난한 이들의 비참한 실상을 고발한 기사를 쓴 이후 그는 더 이상 정치기사를 쓸 수 없게 된다.

『루공가의 운명』(1870~1871), 『쟁탈전』(1871~1872)에 이어 매년 새로운 소설을 출간하게 된다. 『파리의 복부』(1873), 『플라쌍의 정복』(1874), 『무레 신부의 실수』(1875), 『위젠 루공 각하』(1876) 들은 별 주목을 끌지 못하지만, 『목로주점』
(1876~1877) 이후 졸라는 유명해지고 경제적으로 안정되면서
메당에 저택을 구입한다. 이곳은 졸라를 지지하는 젊은 자연
주의 작가들(위스망스, 모파상, 세아르 등)의 집결지가 된다.

자연주의의 지도자 (1878~1888)

『사랑의 한 페이지』(1878)와 『나나』(1879~1880)는 다시 스
캔들을 야기시키고 엄청난 성공을 거둔다. 졸라는 자연주의
학파의 지도자로 자리잡고 1880년 젊은 자연주의 후배작가
들과 함께 일종의 자연주의 선언서인 『메당의 야회집』을 출
간한다. 졸라는 1880년 『실험소설론』에서 자연주의 원리와
원칙들을 표명하고 많은 문학 비평을 발표한다. 플로베르의
죽음에 이어 어머니의 죽음(1880)에 깊이 상심한 졸라는 일에
전념하면서 『살림』(1882), 『부인들의 행복백화점』(1883), 『삶
의 기쁨』(1884), 『제르미날』(1885), 『작품』(1886), 『대지』
(1887), 『꿈』(1888)을 발표한다. 그러나 상승은 하락을 동반하
는 법, 『대지』에 대한 격렬한 반발에 이어 자연주의 문학가들
의 해체적 글쓰기에 대립하는 저항의 흐름이 나타나기 시작
한다[3].

새로운 영감과 삶을 향하여 (1888~1893)

1889년 12월부터 졸라의 삶은 22세의 세탁부 쟌 로즈로와의 관계와 이들 사이에서 탄생한 드니즈(1889)와 쟈크(1891)의 존재로 심한 변동을 겪는다. 그때까지 일에만 몰두하고 있었던 작가는 사랑을 발견하고 부모로서의 기쁨을 맛보게된다. 이런 가을의 사랑은 그에게 다시금 활력을 가져온다. 그는 『루공—마카르 총서』를 예전의 계획대로 끝낸 다음 다른 것을 쓸 수 있게 되기를 바란다(1890년 3월 9일 편지). 『인간 야수』(1890), 『돈』(1891)에서는 이미 여기에 대한 새로운 영감이 엿보이며, 『패주』(1892), 『파스칼 박사』(1893)를 끝으로 총 20권의 『루공—마카르 총서』 연작을 완성한다.

꿈과 행동 : 1893~1902년

세 도시 (1894~1897)

졸라는 자신의 시대의 심각한 문제들을 다루기 위한 새로운 소설 연작을 시작한다. 『루르드』(1894)와 『로마』(1896)에서 가톨릭교회의 실패를 그리나, 『파리』(1898)는 과학에 대한 신념과 프랑스 사회주의자들의 유토피아적인 원리들로 인한 분홍빛 미래에 대한 낙관주의적 시각을 드러낸다.

"나는 탄핵한다"에서 『4복음서』까지 (1898~1902)

『파리』를 막 완성한 직후, 졸라는 드레퓌스 중위가 음모의 희생자라는 사실에 직면한다. 그는 "나는 탄핵한다"(1898년 1월 13일 신문 「로로르」지에 실림)를 정점으로 캠페인을 벌이면서 드레퓌스의 무죄를 옹호한다. 3000프랑의 벌금과 더불어 1년의 징역형을 선고받은 그는 영국으로 1년간 망명 생활을 하지 않을 수 없게 된다. 문학가로써 최고의 명예와 대중의 인기를 한 몸에 얻고 있었던 시점에서 드레퓌스 사건에 참여하게 되는 것은 그의 모든 명예를 실추시킬 위험이 있었지만 그는 죽을 때까지 드레퓌스 사건의 소송 재개를 위해 싸운다.

1899년 드레퓌스 사건은 재심에 회부되고 졸라는 프랑스로 돌아온다. 이 사건 동안 졸라는 조레스와 같은 사회주의자들과 접촉하게 되지만 그의 마지막 작품들은 노동의 재구성과 부의 분배에 대한 푸리에의 순수한 무정부주의에 더 이끌리고 있음을 보여준다. 『4복음서』는 새로운 혁명적 사회에 대한 비전을 담고 있다. 『풍요』(1899), 『노동』(1901), 『진실』(1903)이 출판되었으며 후속 작품으로 『정의』가 쓰일 예정이었으나 1902년 9월 29일 막힌 굴뚝으로 인한 가스중독으로 사망함으로써 그의 마지막 작품 『정의』는 미완성으로 남는다. 이 사고는 우연적 사고인지 정적에 의한 고의적 살해인지 여전히 수수께끼로 남아있다.

1902년 10월 5일 엄청난 군중과 광부들이 모여 "제르미날"을 연호하면서 『제르미날』과 「나는 탄핵한다」의 작가인 졸라의 마지막 모습을 몽마르트르 묘지까지 전송한다. 졸라의 유골은 1908년 팡테옹으로 이전된다.

2 장 ── 졸라의 작품세계

자연주의 원리와 글쓰기 : 과학자와 예술가

『테레즈 라켕』의 서문에서 졸라는 '나는 무엇보다 과학적이고자 했다.' 라고 분명히 밝히면서 철저하게 결정론을 내세우며 모든 윤리적인 고려는 배제하고자 한다. 하지만 그는 예술가의 개성 역시 중시한다. '기질을 통해 본 자연의 한 부분' 이라는 이 핵심어가 예술가의 개성과 자연이라는 그의 자연주의의 두 목표를 동시에 반영하고 있듯이, "자연주의 작가들이란 자연과 인간을 가능한 한 가장 가까이에서 연구하는 이들이지만 작품 속에 자유로운 작가의 독특한 기질을 드러내는 이들이다." 작가란 관찰자이면서 동시에 실험가라고 말하면서도 1887년에 그 자신이 선언한 것처럼 그에게 중요한 것은 작품이다. 그런 점에서 『실험소설론』(1880)에서 제시된 이론을 지나치게 그의 소설과 연결지어 생각한다면 그의 소설에 대해 오류를 범할 수 있다[4].

문학에 있어서 19세기를 진단하는 의사와 생리학자가 되고자 한 졸라는 인물들을 환자처럼 다루며 이들의 인간적 사회적 문제들을 해부한다. 사회적 환경에 따라 인물들의 열정이 어떤 방식으로 작동되는가를 실험한다. 물론 이것은 인간을 변화시키거나 개선시키기 위한 것이다. 인간들은 환경에 따라 선할 수도 악할 수도 있다고 보기 때문이다. 『목로주점』이 술과 게으름으로 파멸에 이르는 노동자들의 삶의 과정을 그린 것이라면 이것은 환경(알코올로 상징되는)이 인물들의 의지와는 상관없이 이들을 해체하는 막강한 힘이라는 것을 보여주기 위한 것이다. 과학자처럼 사실의 냉정한 관찰이라는 같은 길을 갔지만 플로베르가 예술을 위한 예술이라는 순수예술의 탐구로 나아갔다면 졸라는 예술을 통한 사회개혁의 길을 모색했다고 할 수 있다 : "나는 소설에서도 드라마에서도 무의 학파[5]는 아니다. 나는 오히려 열정을 옹호하며 행동과 감동을 이끌어내는 것을 사랑한다."

졸라가 글을 써나가는 방식은 독특하다. 우선 그는 간략하게 자신의 계획, 인물들, 이야기를 정의하는 초안부터 만든다. 이런 초기의 생각들은 주제에 관련된 많은 책들을 읽고 신문기자처럼 현장을 탐방하면서 수집된 수많은 정보들과 만나 점차 구체적인 모습으로 발전되어 나간다. 인물들의 성격도 세부적으로 규정되고 구성되어진다. 점차 좀 더 자세한 계획들에 따라 각 장이 결정되고, 작가는 이 계획들과 관찰된 자료들 사이를 끊임없이 오가면서 미학적인 필요성에 따라 이 자료들을 끼워 넣거나 변화를 주는 방식을 생각하고 좀 더 자세한 이야기의 윤곽을 만들어낸다. 사실적 자료들이 이야기의 구성과 흐름에 따라 풍부한 상징과 기호로 변모되는 것은 순전히 졸라의 천재적인 이야기꾼 기질 덕분이다. 예를 들어 노동자들의 공동 주거 아파트는 졸라가 실제로 방문해서 기록해 놓은 것을 끼워 넣은 것이지만 동시에 제르베즈의 운명을 예고하는 기호를 담아내고 있다.

마지막으로 규칙적이고 엄격한 리듬에 따라 1년 정도의 집필이 이루어진다. 졸라의 좌우명은 "하루에 한자라도 쓰지 않고는 하루를 보내지 말 것(Pas un jour, sans une ligne!)" 이다. 졸라가 매년 한 권의 소설을 쓰며 20년 동안 20권의 방대한 『루공—마카르 총서』를 완성한 것도 이런 자신의 모토, 규칙적인 노동의 중요성을 증명해주고 있다.

일반적으로 자연주의 작품들을 사실의 단순한 재생이라고 비하하지만 『목로주점』은 사실을 존중하면서도 작가의 독창성이 분명히 드러나는 창조적 작품임을 부정할 수 없다. 졸라는 쿠르베가 돌 깨는 인부들을 그린 것처럼 대장장이, 함석공, 사슬공들을 생생하게 묘사하는 데 성공하면서 사실주의 화가들과 마찬가지로 하나의 혁명을 완수한 작가이다.

『루공-마카르 총서』(1869~1893)

새로운 인간 희극

이 총서의 부제가 '제2제정 하의 한 가족의 자연사와 사회사' 인 것은 각 소설이 전체 소설에 속하는 이야기임을 의미한다. 여러 소설들을 하나에 속하게 만든 것은 발자크의 『인간희극』을 연상시킨다. 발자크는 자신의 인물들을 한 소설에만 제한하지 않고 여러 소설에 등장시킴으로써 그의 소설세계가 자신만의 고유한 법칙을 가지고 있는 하나의 세계라는 느낌을 들게 한다. 이와 마찬가지로 졸라의 『루공가의 운명』에서 단순한 관찰자였던 파스칼 박사는 자신의 이름을 붙인 이 총서 마지막 소설에서는 주인공이 된다. 『쟁탈전』의 아리스티드 사카르는 『돈』에서 주인공으로 나타난다. 인물들의 반복적인 등장은 총서 전체에 동질성을 부여하는 효과가 있다. 이런 동질성은 그의 인물들이 같은 조상 아델라이드 푸크(디드 아줌마)의 후손들 적자 루공계와 사생아 마카르계인데서도 더 분명해진다. 게다가 작가는 유전이라는 요소를 덧붙여 작품 전체를 연결시키는 응집력을 더욱 크게 한다. 이는 그의 총서에 자신의 법칙을 가진 하나의 고유한 세계라는 느낌을 주면서 졸라만의 독창성이 발휘되는 토대가 된다.

가계, 혈통이 루공—마카르 총서의 소설들을 구성하는 원칙이 되는 이런 생각은 당시 사회의 화두였던 과학에 대한 관심을 반영하고 있다. 자신의 이론서인 『실험소설론』(1880)에서 졸라는 생물학자 클로드 베르나르의 『실험 의학 서설』에서 영향 받았다고 밝힌다. 졸라가 소설가는 관찰자인 동시에 실험가가 되어야한다고 정의하는 것은 그의 영향 때문이다. 물론 이런 기질은 공쿠르 형제들의 영향도 반영된 것이다. 공쿠르 형제들은 『제르미니 라세르퇴』(1865) 서문에서 소설이란 문학연구와 사회탐구의 위대하고도 진지한 형태라고 보면서 소설가는 과학적으로 연구할 의무가 있다고 설파한다.

과학적 모델 : 유전

『루공—마카르 총서』의 부제에서 '한 가족의 자연사' 라는 말은 무엇보다 생물학적 관점을 내포하고 있다. 졸라는 유전에 관한 많은 글들을 읽었으며, 특히 개인은 자신이 물려받은 유전에 의해 결정된다고 말한 뤼카 박사의 유전에 관한 논문은 그에게 깊은 영향을 미쳤다.

졸라의 이야기는 『자연적 유전에 대한 철학적이고 생리학적인 논문』(1850)에서부터 발전된 자칭 과학적 모델을 토대로 구상되었다. 뤼카 박사의 상당히 환상적인 생각들이 인물들의 내적 드라마에서 과감하게 사용된다. 졸라는 『루공가의 운명』의 서문에서 자신의 계획을 매우 과학적인 용어들로 설명하고 있다 : "유전은 중력처럼 고유의 법칙을 가지고 있다. 나는 기질과 환경이라는 이중의 문제를 분석하면서 한 인간을 다른 인간으로 변화시키는 필연적 과정을 따라가 볼 것이다".

유전에 대해 탐구하는 파스칼 박사는 바로 자신의 가족들의 다양한 구성원들을 연구 주제로 삼는다. 작가의 분신같은 파스칼은 『루공가의 운명』에서부터 『패주』에 이르기까지 모든 경우들을 다시 돌아보고 정리하면서 루공—마카르가의 계보를 완성한다. 『목로주점』의 제르베즈의 기원은 『루공가의 운명』에서 설명된다. 사생아 계열에 속하는 그녀의 알코올 중독은 그녀의 조상들에게서 되풀이되는 특성이다. 그녀의 할아버지, 아버지 모두 알코올 중독이며 난폭하고 가족들에게 폭력을 행사한다. 제르베즈가 다리를 저는 것은 취중에 수태되었기 때문이다. 제르베즈의 자식들도 이 유전적 결함을 물려받지만 다양한 형태로 나타난다. 『나나』의 주인공 안나, 『작품』의 주인공 클로드, 『제르미날』의 주인공 에티엔이 그들이며, 『목로주점』에서는 나오지는 않지만 제르베즈의 셋째 아들 자크는 『인간야수』에서 조상에서부터 내려오는 피할 수 없는 살해 욕망으로 자신의 연인을 이유 없이 살해하는 인물이다.

역사적 관심

『루공－마카르 총서』는 과학적 관심뿐만 아니라 역사적 관심도 분명히 드러내고 있다. 그의 총서는 제2제정과 이를 계승한 지지자들(겉과 속이 다른 표리부동한 부르주아, 벼락 출세자들인 부르주아들)의 이기주의와 천민자본주의를 폭로하는 진정한 비방문인 동시에 졸라 자신이 밝혔듯이 발자크의 『인간 희극』에서는 보이지 않는 서민의 모습이 중요한 위치를 차지하고 있다. 역사적 인식을 보여주는 혁명적 인물들(이상주의자, 무정부주의자, 마르크스주의자)도 많이 등장하는데 졸라의 세계에서 이들은 미래에 대한 비전을 보여주기보다 사회의 변화에 필요한 이들로 나타난다. 시대의 중요 담론이었던 과학과 역사성을 문학에 접목한 것은 기존의 문학계에 도

전한 신진작가 졸라가 자신에게 타당성과 합리성을 부여하
는 전략이기도 했다.

삶과 사랑에 대한 찬미

『루공─마카르 총서』는 삶과 사랑에 대한 욕망과 두려움
을 동시에 표현하고 있다. 마지막 작품에서는 파스칼 박사와
클로틸드 간의 결합을 찬양하며 희망과 사랑의 노래를 부르
게 한다. 졸라는 또한 시인이고자 했다. 찬란히 빛나는 풍부
한 이미지들과 상징들, 위대함과 애니미즘, 서사시의 사용,
서정주의와 아이러니를 동시에 보여주는 문체의 다양함은
기존 문단의 상투적 표현들의 모방에서 벗어난 졸라만의 독
창적인 부분이다.

유토피아적인 소설들 (1893~1903)

　『돈』(1891)에서부터 더욱 분명하게 나타나는 졸라의 서정주의와 낙관주의는 그의 마지막 작품들에서 더욱 고양되어 나타나는데 이는 졸라가 1889년부터 겪은 삶의 변화와 무관하지 않다. 신앙의 실패와 사회를 짓누르는 위협들을 보여준 후(『루르드』와 『로마』), 졸라는 『파리』에 이어 『풍요』, 『노동』, 『진실』에서 '형제애로 뭉친 민중이 세상을 평화와, 진실, 정의의 통합적 도시로 만들어가기'를 촉구한다.

3 장 —— 『목로주점』의 탄생

소설의 기원

졸라의 파리 시절

졸라가 파리로 올라와서 살던 궁핍한 시절, 실제로 한 건물에 200~300 가구가 사는 가난한 환경, 굶어죽는 노인 노동자가 있는 곳을 접하게 된다(1858~1862). 1875년의 『니농에게 바치는 새로운 이야기들』에서는 무덤 파는 인부들이 나오며, 노동자의 비참을 다룬 『실업』에서는 쿠포의 전신이 되는 노동자 부부와 랄리 비자르의 전신인 불행한 어린 소녀가 나온다. 그의 3번째 소설 『대장장이』에서는 구제와 베크 살레가 제르베즈 앞에서 벌이는 경쟁 장면(『목로주점』 6장)이 예고된다. 모두 졸라가 1865~1872년 동안 「라 트리뷘」, 「라 클로슈」, 「르 라펠」에 기고한 정치 기사들의 내용을 반영하고 있다. 그는 이런 글들을 통해 당시 부르주아와 부유층을 공격하고 비난했다. 그런 점에서 신문기자 졸라와 소설가 졸라는 상당히 깊게 연결되어 있다. 그의 정치기사는 『목로주점』의 탄생에 중요하며 그의 자전적 기억보다 훨씬 더 중요한 자리를 차지하고 있다.

다른 작가들의 영향

1862년의 『레미제라블』, 1864년의 공쿠르 형제의 『제르미니 라세르퇴』가 『목로주점』에 미친 영향은 상당한 편이다. 졸라는 1865년에 공쿠르 형제의 이 작품을 예찬하는 글을 발표하고 이 글을 『내가 증오하는 것들』에 다시 실었다. 특히 문학에서 그동안 전혀 관심 받지 못해왔던 서민이 주요 인물로 다루어져야한다고 말한 『제르미니 라세르퇴』의 서문에 관심을 가진다.

당시 노동자들은 1864년 9월 런던에 처음으로 국제노동자 협회가 발족되면서부터 파업과 동맹의 권리를 갖게 된다. 1868년 6월 18일 쥘 시몽의 "여성 노동자"에 대한 기사를 쓰면서 졸라는 소설의 주인공으로 노동자의 여성, 민중의 여성을 생각하는 동시에 알코올 중독 문제를 진지하게 다룰 것을 고려한다. 마냥(Magnan) 박사의 알코올 중독으로 인한 다양한 환각 형태와 치료법을 참조한다.

위젠 마뉘엘의 연극, 「노동자」(1870년 1월 코미디 프랑세즈에서 공연됨)도 기폭제 역할을 한다. 1870년 드니 풀로의 『고상한 족속 Le Sublime』(일하지 않고 빈둥거리며 술로 지새는 노동자를 의미함)이 결정적 영향을 미치며 표절했다고 비난받을 정도로 이 책의 많은 부분을 취하는데 이 책은 그에게는 일종의 자료집이었다고 할 수 있다. 드니 풀로의 이 책의 1부는 노동자들의 삶과 알코올 중독의 해악에 대해 쓰고 있으며 2부는 교육, 조합, 기업주들과의 합의와 같은 사회적 문제에 대한 해결책을 제시하고 있다. 졸라는 특히 1부에만 관심을 가진다. 『목로주점』의 초안에서도 밝혔듯이 '제르베즈의 소설은 정치 소설이 아니라 젊은 여성이 살아가면서 결국 희생될 수밖에 없는 비참한 환경을 그리는 것이 목적' 이다. 드니 풀로는 그의 이런 계획에 적합한 이미지들을 제공한 셈이다. 졸라가 드니 풀로가 제시한 노동자 유형들 중에서 평균에 해당하는 노동자는 다루지 않고 좋은 노동자, 나쁜 노동자, 노인만을 취한 데서도 알 수 있다. 졸라는 자신의 이야기를 위해 자신이 얻은 자료들을 필요로 했을 뿐이지 거기에 매인 것은 아니다. 그는 사실을 벗어나지도 사실에 짓눌리지도 않으면서 사실을 강도 높게 재구성해내는 천재성을 가진 작가, 자신이 속한 시대에 충실한 동시에 작가의 본능과 예리한 시선, 개인적 경험에 따라 스스로의 법칙을 가진 상징적 세계를 재

에드가 드가의 〈다림질하는 여자〉(좌)와 〈압생트〉(우)

창조해낸 작가라고 할 수 있다.

같은 시기 졸라는 미술전에 대한 평을 쓰고 있었다. 마네를 지지하는 글로 1866년 「레벤느망」에서 파면되고 마네는 이에 대한 답례로 그의 초상화를 그려준다. 졸라는 인상주의 화가들을 행동주의자[6]로 본다. 졸라에게는 이들이야말로 자신의 시대를 마음 속 깊이, 그리고 예술가의 마음으로 사랑하는 사람들로서 비난과 배척을 무릅쓰고 용감하게 현실과 사물의 정확한 의미를 꿰뚫어 본 사람들이다. 사실 이들은 삶이나 거리와 같은 현대적 관심사들을 경험하고 그것을 사랑을 가지고 그렸기 때문에 생명력을 가지고 있다고 말한다. 이들 화가들은 작가들보다도 먼저 노동자들을 찾아낸 이들이다. 드가의 〈다림질하는 여자〉(1869), 〈압생트

타브 카이으보트의 〈마루바닥 대패질하는 사람들〉

〉(1875~1876), 귀스타브 카이으보트의 〈마루바닥 대패질하는 사람들〉(1875) 등이 당시의 노동자들의 일상과 일하는 모습을 보여주고 있다. 이들처럼 졸라도 삶의 현장, 문학 텍스트, 그림에서 첫 번째 노동자 소설의 모티프를 찾아낸다.

정치적, 사회적 상황

졸라의 『루공—마카르 총서』 중에서 가장 많이 팔린 책은 『목로주점』, 『나나』, 『제르미날』, 『인간 야수』이다. 1876년까지 졸라는 아직 대중적 성공을 얻지 못하고 있었다. 그 당시 『목로주점』을 출판한다는 것은 사실 굉장히 대담한 일이 아닐 수 없었다. 졸라는 파리 코뮌의 엄격한 통제 속에서 1871

년 「라 클로슈」에 연재 중이던 『쟁탈전』을 사회 기강을 문란하게 만든다는 이유로 중단해야만 했다. 이후에도 졸라의 글들은 정부를 비난한 기사로 금지조치를 당한다.

코뮌 이후의 정부는 정치적, 사회적, 종교적으로 순응주의를 표방했다. 졸라는 1874년 「르 시에클」에 연재하던 『플라쌍의 정복』에서 이런 정부의 위선적인 도덕군자와 같은 태도를 심하게 공격한다. 졸라뿐만 아니라 당시의 많은 작품들이 부도덕성과 모독을 일삼고 미풍양속을 해친다는 이유로 압류되고 소송당하고 유죄선고를 받았다. 바로 이런 분위기 속에서 「르 비엥 퓌블릭」에 『목로주점』이 연재되기 시작했다.

그러나 신문 편집자인 이브 기요는 졸라의 글을 많이 수정해서 싣는다(졸라는 이점에 대해 심하게 분노한다). 그렇게 했음에도 불구하고 첫 주부터 파문이 일어나고 파문은 일파만파 커져간다. 좌파와 우파 모두가 심하게 공격했기 때문에 신문 연재가 중단된다. 공화파 신문들은 민중을 너무 폄하하고 노동자들을 혐오스러운 술꾼으로 묘사했다고 졸라의 그림들에 대해 불만을 표시했다. 그들은 노동자와 그들의 풍습에 대해 좀 더 잘 쓸 것을 원했을 것이다. 우파는 더 격렬하게 소설의 언어와 형식에 대해 반발한다.

이런 저런 정치적, 도덕적 이유로 연재가 중단되었다가 1876년 7월 9일부터 1877년 1월 7일까지 「라 레퓌블릭 데 레

트르」에 다시 연재되기 시작한다. 샤르팡티에 출판사가 1877
년 1월말 신문연재에서 삭제된 것까지 포함시켜 단행본으로
출간하자 엄청난 문학적 성공과 경제적 성공을 동시에 얻게
된다. 「르 비엥 퓌블릭」은 4월 29일자 신문에서 졸라를 발자
크, 플로베르에 버금가면서도 졸라만의 새로운 요소가 있다
고 높이 평가한다. 아나톨 프랑스는 6월 27일 「르 탕」지에서
한 존재의 생각과 마음을 졸라의 언어만이 표현할 수 있다고
하면서 졸라의 독특한 언어 사용방식을 치하한다. 폴 부르제
는 졸라에게 플로베르도, 공쿠르도 발자크나 디킨스도 아닌
그만의 새로운 땅을 개척했다고, 새로운 문학의 세계를 열었
다고 찬사의 편지를 쓴다.

반대편의 비난과 증오도 굉장히 격렬했다. 1876년 4월 19
일자 「라 가제트 드 프랑스」에서는 졸라를 문학적 코뮌의 두
목이라고 했으며 포르노그래피, 유물론, 분뇨담이라는 평론
가들의 비난은 이후로도 졸라를 계속 따라 다니는 수식어가
된다. 이들 비평가들은 졸라가 새로운 문학 형태, 바로 불결
과 잔혹함과 포르노라는 형태를 찾아냈다고 말한다. 한 마디
로 소란스럽고 시끌벅적한 명성을 얻었다고 할 수 있다. 그
렇지만 플로베르와 공쿠르에 심취한 젊은 작가들(모파상, 위
스망스, 폴 알렉시스, 앙리 세아르, 레옹 에니크)은 이 소설에 굉
장한 환호를 보내면서 1877년 4월 트랍 식당에서 졸라를 초

대해 자신들의 예술적 지도자로 천명한다. 이 모임을 계기로 이들은 졸라의 메당의 집에 모여 일종의 자연주의 문학의 선언서인 『메당의 야회집』을 출간한다(1880).

영화 〈제르베즈〉의 포스터.

『목로주점』은 6월에 1366부, 7월에 1800부가 판매되었는데 이런 수치는 그 당시로는 굉장한 판매 수치였다. 서민을 소재로 삼았던 졸라 이전의 작품들은 소수 엘리트 독자들만이 읽었다고 할 수 있으며 막상 서민들은 읽지 않았었다. 작품이 유명해지면서 극장가, 서커스, 뮤직홀, 카페 콩세르 등에서 패러디한 작품들이 유행했다. 풍자 화가들은 졸라를 풍자하는 캐리커처를 만들어내는 데 몰두했으며 '자료를 찾기 위해 쓰레기통을 뒤지는 넝마주이, 가죽앞치마를 두른 오물수거인, 하수도 청소부, 함석직공, 콜롱브 영감' 으로 작가를 풍자한다. 『목로주점』의 판매 수치는 계속 상승세를 보이면서 1877년에 16만 2천부, 1885년에 10만부, 1908년에 16만 2천부, 1923년에 20만 3천부[7]의 판매고를 보이며 9편의 영화로 거듭났으며 그 중에서 1956년에 르네 클레망이 영화화한 「제르베즈」도 있다.

제2제정의 풍속에 대하여

　부제에 분명히 밝힌 제2제정(1852~1870)이라는 시간은 소
설 연작들에 연대기적 성향이라는 새로운 동질성을 부여한
다. 20권의 소설에서 이야기된 사실들이 역사적 시간과 관계
있음을 분명히 밝힌 것이다. 『목로주점』의 출판이 1877년이
지만 이 소설의 시간적 배경은 더 전의 시대인 1850년대이
다. 이것은 아주 최근의 역사에 대해 이야기하는 역사학자의
작품을 만들겠다는 작가의 의지를 보여주는 것이다.

　우선 제2제정에 대해 간략히 설명하자면, 1848년 2월 파리
에서 주로 서민층과 학생들로 구성된 국가 방위군이 주도한
소요로 인해 1830년부터 성립된 7월 왕정이 끝나고 공화국이
선포된다. 그러나 서민들의 피로 이루어진 이 혁명으로 이익
을 챙긴 것은 부르주아들이다. 새로운 헌법이 채택되고 나폴
레옹의 조카인 루이 나폴레옹이 1848년 대통령으로 선출된
다. 공화파의 혁명으로 보통선거라는 민주적 선거를 치르게
되지만 왕당파의 수장이 등극하는 모순적인 퇴보의 상황이
일어난 것이다. 결국 1850년 루이 나폴레옹은 의회와 대립하
게 되고 1851년 12월 2일의 쿠데타로 제국이 선포되고 루이
나폴레옹은 나폴레옹 3세로 칭하게 된다.

　『루공—마카르 총서』의 1권, 『루공가의 운명』은 이 불안
정한 정치 환경의 혼란 속에서 자신들의 야망을 채우는 이들

을 그리고 있다. 18년 동안 지속된 이 체제는 제1차 산업혁명기라고 할 정도로 경제적으로 호황을 누린 시기였으며 부르주아가 새로운 귀족으로 등장한 시기였다. 그러나 풍속적으로 부르주아들을 견제할 만한 계층이 없었고 이들은 겉으로는 귀족처럼 고상한 척했으나 속으로는 금전 결혼과 온갖 부도덕한 일을 자행했다. 이 체제는 1870년 세당에서의 보불전쟁의 패배로 종말을 맞게 된다. 『패주』는 이때의 상황을 배경으로 한 소설이다. 세당에서 포로가 된 나폴레옹 3세는 프러시아의 승리를 인정하고 엄청난 전쟁손실 비용을 떠맡는다. 전쟁이 끝나면서 제2제정도 끝나고 잠시 파리 코뮌의 과도기를 거쳐 제3공화국이 탄생된다.

졸라의 『루공-마카르 총서』는 나폴레옹 3세가 군림하는 동안 국가가 변화되는 모습을 잘 보여준다. 그의 소설들에 나타난 제2제정의 이미지는 총서 18번째 소설인 『돈』에서 아리스티드 사카르라는 인물을 통해 그려지는데, 그는 제2제정의 경제적 혼란을 틈타 증권가에서 투기와 협잡으로 치부하는 인물이다. 총서 11권인 『부인들의 행복백화점』에서는 처음으로 등장한 백화점들로 인해 엄청난 변화를 겪는 상업의 세계(소자본을 몰락시키는 대자본의 승리, 소비자로 변해가는 서민들)을 그리고 있다. 이처럼 제2제정의 여러 측면을 그리고 있는 졸라는 이 체제를 정면으로 공격한다. 『쟁탈전』이나

『위젠 루공 각하』는 지도 계층의 투기성향을 적나라하게 폭로한다. 나나의 끔찍한 말로는 이 부패한 체제의 죽음에 대한 비유이다. 나나가 죽는 순간은 보불 전쟁이 시작되는 시간과 일치한다.

『목로주점』의 시간은 1858년에서 1869년까지이다. 시간성은 우회적으로 말해지는데 쿠포가 '위젠 쉬를 뽑았을 때'라고 말한 데서 『파리의 신비들』의 작가로서 사회당 하원 후보로 나선 위젠 쉬의 선거날인 1858년 4월 28일로 추정할 수 있다. 1장에서 5장은 1850~1858년, 6장에서 9장은 1858~1862년, 10장에서 13장은 1862~1869년으로 볼 수 있다. 『목로주점』에서는 사실 정확한 시기가 별로 언급되지 않는데, 이는 구트 도르라는 동네가 정치적 사건들에서는 소외된 곳이라는 인상을 주기 위해서 구체적인 역사적 배경을 사라지게 한 것으로 볼 수 있다. 『목로주점』 인물들은 정치에 관심이 없는 편이다. 랑티에가 혁명적 사상을 이야기하지만 실행으로 옮기지는 않는다. 게다가 그는 비열한 인물이다. 구제는 공화당원이지만 12월 2일의 봉기에는 참여하지 않는데 이는 서민들의 봉기에서 이익을 차지하는 것은 부르주아들이라고 보기 때문이다. 쿠포는 정치에 대해 무관심하며 신뢰하지 않는다.

제2제정 하에서 파리의 모습은 루이 나폴레옹과 오스망 남작의 계획 하에서 완전히 바뀐다. 낡고 좁은 옛 동네들을 파헤치고 대로들을 만들어내는 작업이 대대적으로 이루어진다. 세계의 중심지 파리라는 열망도 있었지만 예전의 좁은 골목은 바리케이드를 만들기 쉽고 봉기자들의 은닉 장소로 유리했기 때문에 대로를 만듦으로써 소요가 잦은 파리를 쉽게 통제하기 위한 것이기도 했다. 특히 당시에는 노동자층은 잠재적으로 위험한 층으로 인식되었는데, 대로는 이런 서민들의 봉기시 군인들을 쉽게 투입시킬 수 있었다. 그러나 수도의 재건축은 불평등을 심화시킨다는 점이 있었다. 서쪽의 부자 동네는 투자가들이 전혀 관심을 갖지 않는 동부 지역과 차별화되며 특히 도심에서 가난한 층은 더 이상 자리 잡을 수 없게 되었다. 예전에는 부자들을 위해 일하던 가난한 계층은 비록 건물 꼭대기의 좁고 낡은 방이었지만 부자들과 같은 건물에서 살고 있었다. 그러나 개발 이후 이런 동거가 불가능해진다. 특히 제2제정의 건물양식들을 보여주는 셍 라자르 역에서 오페라까지의 건물들이 자리한 도심은 사업하는 부유층이 자리 잡았으며 빈곤층은 변두리로 쫓겨 갈 수밖에 없어 『목로주점』의 구트 도르처럼 파리 주변의 시문이나 성벽에서 빈민촌을 형성해 자리잡게 된다.

모든 사회 계층을 재현하기 : 5개의 작품세계

한 가족의 다양한 구성원들의 이야기인 『루공—마카르 총서』는 바로 제2제정의 다양한 계층들의 이야기이다. 이런 계획은 아무도 관심을 보이지 않았던 세계를 포함해서 모든 것을 있는 그대로 보여주고자 하는 사실주의 계획과 일치한다. 졸라는 우선 자신의 작품 세계는 '상인, 부르주아, 고위층, 소외층(매춘부, 살인자, 사제, 예술가), 민중(노동자, 군인)' 이렇게 5개의 세계로 나뉘어지며, 그 중에서 민중이 가장 우선으로 다루어질 것이나 매춘부들이나 사제와 같은 주변인들의 세계도 그의 관심사임을 밝히고 있다.

'민중에 관한 최초의 소설, 민중의 향기를 간직한 소설' 이라고 강조했듯이 졸라는 『목로주점』에서 파리 노동자들의 세계를 보여주고자 한다. 그가 『목로주점』을 통해 자신만의 차별성, 독창성을 내세운 점은 민중을 이상화해온 문학적 전통을 거부하면서 소설에 의해 각인된 민중에 대한 상투적인 모습을 거부했다는 점이다.

졸라가 최초로 노동자 세계를 그린 것은 아닐지라도 기존의 노동자를 소재로 한 문학 작품들은 고상한 주제들을 선호하면서 노동자층을 배제해 왔다. 발자크는 『인간 희극』에서 파리라는 사회를 구성하는 5개의 세계(노동자, 부르주아, 귀족, 예술가)를 그리고자 했으나 하층민의 환경에 대해 그리 많이 언급하지 않는다. 『고리오 영감』에서 비참한 생활을 하는 인물들은 노동자가 아니라 몰락한 사람들이나 학생이다. 1862

년의 위고의 『레미제라블』도 노동자들을 희생자로 만드는 사회체계를 고발하지만 노동자는 이런 비참의 한 부분으로서만 나온다. 공쿠르 형제도 하층민의 삶을 보여주어야 한다는 의무를 내세우며 자신들의 하녀를 모델로 『제르미니 라세르퇴』를 쓰지만 여기서는 하층의 여성 유형만을 그리고 있다. 특히 졸라의 시대에는 문학보다 오히려 미술에서 하층민을 더 잘 재현했는데 쿠르베, 세잔, 드가와 같은 화가들을 예로 들 수 있을 것이다(드가의 〈다림질하는 여인〉(1869)은 포켓판 『목로주점』의 표지로 선택된다).

독자들에게 다양한 노동자 유형과 장인 유형을 제시하고자 한 졸라는 소설 서두에 봉쾨르 여관 창가에서 새벽의 파리를 보고 있는 제르베즈의 시선을 통해 일터로 나가는 다양한 노동자들의 모습을 자연스럽게 소개하고 있다. 소설의 인물들 자체도 다양한 노동자 유형을 보여준다. 제르베즈 자신도 세탁부이고, 공동 세탁장에서, 직공으로 일할 때, 자신이 주인이 되어서 다른 조수들과 일하는 모습들이 다양하게 소개된다. 그 외에 함석공, 사슬직공, 조화직공, 대장장이, 볼트제조공의 일하는 모습이 소개된다. 특히 제르베즈가 2장에서 300 노동자 가구가 몰려 사는 공동아파트를 처음 방문해서 층계를 올라갈 때 다양한 직종의 노동자들이 살아가는 모습이 소개된다.

교훈적이고 교육적인 계획

1875년의 준비 작업과 초안에서 졸라는 『목로주점』에 대한 자신의 의도들을 밝히고 있다.

"소설은 이래야 한다 : 민중들의 환경을 보여주고 이를 통해 민중의 풍속들을 설명할 것; 술에 취한 파리 노동자들, 가족의 해체, 물리적 폭력, 모든 수치와 모든 비참. 노동자들의 존재 조건들, 힘겨운 작업, 환경, 무사안일주의를 보여줄 것."

보여주고 설명한다는 말 자체에서 작가의 교훈적이고 교육적인 의도를 읽을 수 있다. 환경을 통해 풍속을 설명해야 하는, 즉 인과성이라는 도식을 드러내기 위해 독자에게 개인에게 미치는 환경의 영향을 설득력 있게 말하면서도 그는 학자로서의 자세를 잃지 않는다. 자신의 작품을 읽고 거기에서 결과들을 이끌어내는 것은 입법자들과 윤리학자들의 일이라고 졸라는 말한다.

사실 『목로주점』이 제시한 교훈은 모호하다. 이야기 마지막에 구제를 통해 열심히, 성실히 일하지만 갈수록 삶은 힘들어지며 몰락으로 갈 수밖에 없는 노동 조건들을 보여준다. 그러나 알코올 중독이 이런 피할 수 없는 몰락을 초래하는 것은 아닌지 생각하게 만든다. 그런 점에서 알코올 문제를 해결하기 위해 그 원인을 없애고 불결한 환경을 없애야 한다는 해결책이 은연중에 제시된다고 할 수 있다. 『목로주점』은 사회적 불의에 대해서도 비판하지만 술에 절어 사는 노동자들의 게으름, 가족에 대한 무책임, 점점 해이해져 가는 정직성에 대해서도 비판한다.

제목에 대하여

졸라는 루공-마카르 가 이야기의 부제를 '제2제정 하의 한 가족의 자연사와 사회사' 라고 이름 붙였는데 '인간의 풍습' 에 대해 기록하고자 한 그의 이런 기획 의도는 그 당시의 주제어이기도 했다. 이런 점에서 그의 이야기는 실제 역사적 사건들의 이야기인 동시에 가공된 사건들의 이야기이기도 하다.

졸라의 작품들을 읽을 때는 그러므로 정보차원의 구성요소(예를 들어 노동조건의 현실과 문제점)와 소설적 이야기 차원의 구성요소 간의 탄력적인 관계를 이해해야 한다. 예를 들어 랑티에, 쿠포, 구제는 당시의 다양한 노동자상을 대변하는 동시에 랑티에는 제르베즈를 괴롭히는 적대자, 구제는 제르베즈를 돕는 보조자라는, 이야기의 전형적인 인물구조를 보여주면서 역사성보다 이야기성을 따르는 초역사적인 구조를 보여준다. 이처럼 졸라의 소설은 역사성과 순수한 이야기성이 공존하는 복합적 세계를 보여준다.

제목 자체에서도 이런 이중성이 드러난다. 우선 목로주점은 동네 한복판에 위치한 주점인 동시에 소설의 중심에 서있는 공간이다. 파리시 외곽에 있는 이곳은 노동자들이 파리로 일하러 들어갈 때 거치는 통로이다. 졸라의 소설은 보통 한 장소를 중심으로 펼쳐지는데 여기서 장소는 배경의 역할이라기보다 행동의 역할에 가깝다. 콜롱브 영감의 목로주점은 인물들을 매혹하는 동시에 혐오와 두려움을 불러일으키는 힘을 행사한다. 『파리의 복부』나 『부인들의 행복백화점』처럼 장소가 제목이 되는 드문 경우이다. 그만큼 이 장소는 인물들에게 어떤 힘을 행사하는 행위자의 위치에 있다고 할 수 있다.

처음 파리에 도착할 때 푸아소니에르 시문을 지나면 콜롱브 영감의 건물이 보이고 그 술집은 동네 전체―〉한 사회―〉한 계층을 의미한다. 여기서 목로주점으로 번역된 제목 assommoir는 assommer(죽이다, 때리다)에서 나온 명사로 서민형 주점이라는 의미 외에 '야만족들이 사용하는 타살용 도구, 뜻밖의 사건, 불행, 치명적 타격을 가져오는 뜻밖의 엄청난 사건'의 의미도 있다. 이 이름에는 이미 제르베즈의 쇠퇴와 몰락이 암시되고 있다.

이런 의미 말고도 또 다른 의미가 깃들어 있는데 졸라가 참고한 드니 풀로의 『고상한 족속』에서 설명된 노동자들의 은어에서는 독주를 만드는 증류장치를 의미하기도 한다. 다시 말해 l'assommoir에는 기계의 의미도 들어있다. 19세기 후반의 국제 박람회들에서는 산업의 발전과 기적을 증명하는 기계실이 항상 있었고 사람들은 그 앞에 서서 황홀해 하며 감탄하곤 했다. 이런 기계들은 그 당시에는 매혹적인 동시에 불안을 주는 대상이었다. 콜롱브 영감의 목로주점에 있는 증류기는 증기도 소음도 없어서 더 강력해 보이고 그만큼 더 두려움을 준다. 정리해보자면 l'assommoir는 주점〈=〉증류기계〈=〉술이며, 증류기=술은 제르베즈와 쿠포를 파괴하면서 노동자 전체, 도시 전체로 흘러들어가 파괴하는 죽음의 도구가 된다. 그러므로 바로 이 제목 속에는 기계와 술로 몰락해가는 노동자들의 죽음의 의미가 복합적으로 연결되어있으며, 술집이나 한 노동자 동네의 야만성이나 폭력성을 넘어 사회의 모든 폭력을 내재하고 있다. 소설 제목 L'Assommoir를 이 모두를 아우를 수 있는 다른 언어로 번역하는 일은 상당히 힘든 작업이 될 것이다.

작품의 의의

그 시대 두려움의 실체

『목로주점』은 당시 프랑스 사회의 상호적 두려움, 부르주아와 노동자들이 서로에게 지닌 두려움을 보여준다. 『목로주점』은 한 시대, 한 사회를 철저히 있는 그대로 보여준 민족학적 자료로서도 훌륭하게 성공한 책이지만 새로운 변화와 새로운 인류(지진처럼 땅을 뒤흔들고 사람들을 떨게 만들 민중의 등장)에 대한 두려움을 반영하고 있다. 1865년은 세계 노동자협회의 프랑스 지국이 설립된 해이다. 제2제정 말은 노동자의 파업과 데모가 연이어 일어나던 시기로 지배층과 부르주아 층을 불안에 떨게 만든다. 졸라는 『목로주점』이 정치 소설이 아니라고 하지만 제2제정 말과 제3공화국 초의 정치적 사회적 사건들이 반영되고 있다. 당시는 모두에게 불안과 두려움의 시기라고 할 수 있다. 우선 노동자들은 두려움을 주는 존재인 동시에 자신들에 대해서도 두려워하고 있다고 할 수 있다.

제르베즈의 창가에서 보이는 파리는 『제르미날』의 르 보뢰 탄광만큼이나 노동자를 삼키고 복종시키는 두려운 권력의 힘으로 나타난다. 제르베즈의 시선을 통해 사회체제에 순응하는 노동자들과 불행과 비참 앞에서 자신을 포기하는 이들의 체념의 담론이 드러난다. 파리로 일하러 들어가는 노동자들의 이미지에서 매몰과 침몰의 이미지가 보이는 것은 자신들을 복종시키고 억압하는 힘에 대한 노동자들의 두려움을 드러내는 이미지이다. 우선 노동자의 두려움은 다양한 두려움으로 설명된다. 일이 없고 돈이 없는 것에 두려움, 굶주림, 추위에 대한 두려움, 중산층에 대한 두려움 등이다.

그러나 부르주아 역시 노동자들에 대해 두려워하고 있다. 2장에서 증류기의 알코올이 도시를 잠기게 하는 홍수의 이미지로 나타나는 것은 바로 이들에 대한 부르주아들의 두려움을 표현한 것이다. 여기서 알코올은 노동자 계급을 의미한다. 노동자들의 술, 성의 방종은 이들에게 위협적이다. 이런 재앙에 대한 환상에서 파리는 푸아소니에르 성벽 같은 보호벽이 필요한 것이다. 나아가 노동자들의 게으름과 방탕을 부패와 불행의 원인으로 보는 당시의 부르주아들의 노동자들에 대한 사회통념은 『목로주점』에서 부르주아들이 전혀 등장하지 않지만 모든 인물의 담론 속에서 내재되어 있다. 식탐과 과도한 소비로 몰락한 제르베즈에게서 굶주림을 쫓는 구마적 의식을 읽을 수도 있지만, 어쨌든 그녀의 이런 경향은 근검절약의 부르주아적 미덕과 대립되며 이들의 몰락에 대한 도덕적인 판단을 읽을 수 있게 한다.

노동자들의 두려움, 부르주아들의 두려움 못지않게 실제로 『목로주점』이 불러일으킨 두려움, 즉 독자들이 느끼는 두려움 또한 굉장하다. 기존의 소설의 규칙을 위반하면서 음란함, 방탕함, 죽음의 장면, 구토와 분뇨담은 굉장한 공포를 불러일으켰다고 할 수 있다. 이 시대의 두 개의 금기는 하층민과 육체였다. 이들을 공공연히 다룸으로써 한 사회의 악몽과 공포를 적나라하게 드러낸 셈이다. 졸라의 이런 미학적 반란과 거부는 기존의 윤리적 체계에 대한 반란과 거부라고 할 수 있다.

노동자들의 자연적 이미지와 부르주아적 담론

『목로주점』 이전의 노동자 소설은 노동자를 별개의 사람들로 그리면서 엿보기 취미를 만족시키는 차원이거나 아니면 이들의 야만성, 죄악에 대해 그림으로써 상대적으로 자신

1850년대 파리의 모습.

들의 안정성을 확신하였다. 그런 결과 주로 이국적이거나 에로틱한 또는 악한 면에 대한 묘사들이 돋보이는 소설들이었다. 졸라의 다른 점은 그가 노동자들의 일상을 그림으로써 이들 역시 보통 사람들처럼 사랑하고 즐길 줄 아는 사람들로 그렸다는 점이다. 그럼에도 이 소설에 나타난 노동자들에 대한 이미지 체계는 노동자를 자연과 가깝게 묘사함으로써(주로 동물의 이미지나 이름으로 묘사) 노동자의 행동을 자연화하는 부르주아적 담론을 그대로 반영하고 있다. 이런 자연화는 노동자를 역사적 존재로 보기보다 육체적, 생리학적, 자연적 결정론에 결합된 존재로 보는 데서 나오는 이미지들이다. 이런 자연적 조건을 수용하는 노동자의 체념의 담론 역시 이런 부르주아의 윤리적 담론의 뒷면이다. 물론 이런 담론이 역사적 담론을 사라지게 하고 신화적 담론을 대신 자리 잡게 했다고 비난할 수 있지만 이것은 부르주아의 담론을 정당화시키는 것이 아니라 당시의 부르주아들이 노동자들을 보는 생각을 있는 그대로 드러낸 것이다. 쿠포와 구제의 모델로 쓰였던 현실의 노동자들은 누구인가라고 물을 수 있겠지만 그것보다 쿠포, 제르베즈, 구제에 직간접적으로 관련된 담론 모두를 만들어 내었던 '노동자에 대한 사회 통념체계는 어떤 것인가?' 를 묻는 것이 중요하다.

졸라는 노동자계급에 대해서도 비판적인 시각을 던지지만 소설의 모든 구조 속에서 이런 부르주아들의 생각을 굴절시켜 드러내고 있다. 결국 제르베즈를 몰락으로 이끌고 간 것은 졸라가 거의 무의식중에 반영시킨 노동자계층에 대한 부르주아들의 부정적 시각과 이들의 담론이라고 할 수 있다. 제르베즈를 몰락과 죽음으로 이끄는 적대자는 바로 이들 담론이다. 제르베즈가 소문대로 혹은 사람들이 의심하고 예견한대로 결국 몰락하게 되는 것은 그녀가 결국 이런 보이지 않는 담론의 희생자임을 의미한다. 노동자에 대한 사회 통념적 담론이 노동자를 결국 그런 통념의 길로 이끌었음을 졸라는 무의식중에 보여준 것이다. 이런 이해 속에서라면 제르베즈와 쿠포의 불행이 술과 방탕과 무절제에서 온 것이라고, 구제처럼 근검절약을 행했다면 비참한 생활에서 벗어날 수 있었을 거라고 말하는 것은 너무 안이한 결론일 것이다.

졸라의 이상적 사회

『목로주점』에서 주로 나타난 산업현장은 몇 명이 일하는 소규모 작업장과 가게와 같은 소기업이다. 당시에는 대기업 같은 것이 아직 나타나지 않았다. 첫 장에 나오는 노동자들의 모습은 이른 아침 등에 도구들을 짊어지고 파리로 들어가는 모습이다. 철공소 직공들은 올이 굵은 푸른 작업복, 석공들은 흰색의 긴 작업복, 칠장이들은 짧은 웃옷으로 금방 식별이 된다. 이들 속에서는 대기업의 정기 월급자들은 볼 수 없다. 랑티에는 모자직공이고 쿠포는 함석공, 제르베즈는 세탁부, 비르지니는 양장점 직공, 그녀의 동생 아델은 금속 표면 연마직공이다. 쿠포의 누이 르라 부인은 조화공, 로리예 부부는 사슬직공이다. 구제부인은 레이스 수선공이며 구제는 대장장이이다.

『목로주점』의 후속편이라고 할 수 있는 『제르미날』에서는 수천 명이 일하는 대기업—광산의 형태를 보여준다. 『제르미날』은 파업의 장면을 통해 상당히 사회개혁주의적인 시각을 보여주지만 여전히 혁명론자들에 대해서는 의심의 시선을 보낸다. 『루공가의 운명』의 실베르와 플로랑, 『제르미날』의

몽마르트에 있는 졸라의 무덤.

에티엔과 시지스몽 같은 사회 개혁주의자들은 민중의 혈기왕성한 생명력보다 지나친 독서와 설익은 이해로 신경증적인 기질을 드러낸다. 민중의 건강한 혈기와 이론적 혁명가들의 신경증적 기질간의 분리가 보이며 이 둘 간의 통합이 이루어지지 않고 있다. 사실 자연과 사회의 치밀한 관찰자인 자연주의자 졸라에게 혁명론자는 권력에 의해 우롱당하고 민중을 결국 파멸로 이끌어 갈 수 있는 이상주의적인 몽상가로 보였을지도 모른다.

1901년에 발표된 『노동』에서는 현대적 자본주의 산업형태인 제철업을 보여준다. 『목로주점』을 쓴지 25년이 지나면서 졸라는 새로운 노동방식과 증대된 기계의 힘을 보여준다. 사실 제르베즈가 작은 가게를 차리고 경제적 자립을 이루어 나가는 모습은 졸라의 이상을 대변하는 것인지도 모르지만 이런 이상은 경제적 차원이나 개인적 차원에서도 퇴행적이고 비효율적이다. 25년이 지나 『노동』에서 졸라는 이상적 도시를 위해 다시 한 번 대규모의 공장보다 독립적이고 자율적이며 창의적인 그리고 가족적 유대가 돋보이는 소규모의 공장을 예찬한다. 노동자의 삶에 대해 상당히 유토피아적이고 도덕적인 비전을 제시한다고 할 수 있다. 『목로주점』, 『제르미날』, 『노동』을 통해 반세기 이상을 싸워온 프랑스의 노동자 계층에 대해 정확하게, 그리고 강력하게 보여준 졸라는 이들이 발전하는 과정을 포착하고 19세기 후반의 노동자의 사회적 유형을 굳건하게 정착시킨다. 1902년 졸라의 장례식 때 광산촌에서 올라온 수많은 광부들이 그의 관을 메고 "제르미날"을 연호하면서 행진하였다. 노동자들의 대부, 노동자들에게서 사랑받았던 작가 졸라의 모습이다.

전체 줄거리

제르베즈 마카르는 두 아이의 아버지인 동거남 오귀스트 랑티에를 따라 플라쌍에서 파리로 상경한다. 가지고 온 몇 푼 안되는 돈도 다 떨어지자 랑티에는 이들을 버리고 아델과 도망간다(1장). 홀로 남겨진 제르베즈는 힘들지만 아이들을 위해 열심히 살아가고 함석공 쿠포는 그녀의 이런 모습에 이끌려 그녀에게 청혼한다(2장). 온갖 혼란스러움과 위기를 내포한 이상한 결혼식이지만 그런대로 쿠포와의 결혼을 통해 제르베즈는 안정을 되찾게 된다(3장). 이들 부부의 행복한 결혼생활은 나나의 출생으로 더욱 그 기쁨이 배가된다. 그러나 제르베즈와 나나가 쿠포의 작업장을 방문하던 날 쿠포는 지붕에서 떨어져 다리를 다친다(4장). 쿠포는 다리가 나아가는 동안 일보다 술에 빠져든다. 제르베즈는 이웃집 청년 구제의 도움으로 세탁소를 운영하게 되고 경제적 형편이 나아진다(5장). 아델의 언니인 비르지니가 다시 동네에 나타나고 그녀와 만나면서 혼자가 된 랑티에의 이야기를 듣게된다(6장). 제르베즈가 이웃을 초대한 만찬은 랑티에가 들이닥치면서 끝나고(7장) 술이 취한 쿠포는 그를 자신의 집에 머무르게 한다. 제르베즈는 다시 랑티에의 정부가 된다(8장). 일하지 않고 놀고 먹는 이 두 남자로 인해 제르베즈는 점점 몰락의 길로 들어서게 되고 결국 세탁소를 비르지니에게 넘기게 된다(9장). 이웃들은 그녀를 냉대하고 그녀는 알코올에 의지한다(10장). 그녀의 딸 나나는 조화공 견습생으로 있다가 가족을 떠나 매춘부의 삶을 택한다(11장). 제르베즈와 쿠포는 점점 더 비참의 길로 나아가고(12장) 쿠포는 결국 알코올로 인한 광기 속에서 죽는다. 제르베즈는 층계 밑 창고 방에서 굶어 죽는다(13장).

2 해석적 읽기

졸라의 『목로주점』은 탁월한 민속학적 자료집이라고 할 정도로

그 시대만의 상징과 기호들이 풍부하다.

그 시대의 생활 풍속도(성과 결혼 풍속도, 노동방식과 주거방식,

말하는 방식, 옷 입는 방식 등)를 이해하는 동시에

이런 민속학적 기호들이 졸라의 필치 아래에서

어떻게 인물들의 열정과 비극을 내재하는

서사적 차원의 기호와 상징들로 변화되어 가는지 보고자 한다.

물론 졸라의 자연주의 미학과 시학의 관점이

어떤 방식으로 소설에 적용되며, 졸라와 동시대 예술가로서

졸라가 열렬히 옹호했던 인상주의화가들의 기법이

어떻게 글로 나타나는지 보는 것도 흥미로운 일일 것이다.

1 장 ─ 리라이팅

1 - 버림받음

    파리 변두리의 허름한 봉쾨르 여관의 창문에 기대어 제르베즈는 밤새도록 랑티에를 기다리고 있었다. 그는 돌아오지 않았다. 세상 모르게 잠들어 있는 아이들, 클로드와 에티엔을 바라보며 제르베즈는 서러움이 북받쳐 눈물을 흘렸다. 침대에 걸터앉아 그녀는 눈물어린 눈으로 초라하기 짝이 없는 방을 둘러보았다. 서랍이 하나 없어진 장, 기름때가 낀 작은 탁자와 그 위에 놓인 이 빠진 물병 하나, 그리고 구석에 놓인 낡은 트렁크가 텅빈 채 열려져 있었고 벽에는 구멍난 숄과 진흙 묻은 바지, 넝마장수도 받지 않을 다 해진 옷들이 걸려있었다. 다시 창가로 간 제르베즈의 눈에 오른 쪽에는 도살당한 가축들로 인해 피비린내와 악취가 풍기는 도살장과 왼쪽에는 신축중인 병원이 그리고 저 멀리에는 파리시로 들어가는 시문이 보였다. 어느새 작업 도구를 짊어지고 파리로 일 나가는 새벽 일꾼들이 시문으로 향해가는 모습들이 눈에 띄었다. 웃음기 없는 창백한 얼굴의 무리가 끊임없이 파리 속으로 삼켜져 들어갔다. 시문 양 옆에 있는 술집에는 하루 일을 공친 노동자들과 힘든 하루를 미리 위로라도 하듯이 한 두 잔 술을 걸친 노동자들이 들락거리고 있었다. 마침 쿠포가 일 나가다 들어와 제르베즈의 눈물 흔적을 보고 그녀를 위로해주었다. 그는 바로 앞의 신축중인 병원에서 함석지붕을 씌우는 일을 하는 함석장이였다.

아침 늦게서야 랑티에가 돌아왔다. 26살의 모자직공인 그는 진한 갈색 머리에 예쁘장한 얼굴을 한 자그마한 남자로 연방 수염을 잡아 꼬고 있었다. 그는 걱정을 하며 묻는 제르베즈에게 악을 썼고 아이들이 놀라 깨어나 울고 있는 엄마를 보고 따라 울었다. 그는 조용히 누워 이미 아내의 애원 따위는 귀에도 들어오지 않는 듯 자기만의 생각에 골몰해 있었다. 그는 제르베즈를 물끄러미 바라보고 있었다. 그녀는 오른 발을 절고 있었다. 보통 때는 잘 눈에 띄지 않을 정도지만 오늘 아침에 간밤의 일로 고단하였기 때문에 절뚝거리며 벽에 기대기도 하였다. 랑티에는 벽에 걸린 몇 벌 되지 않는 누더기와 옷장 속에서 여자 웃옷과 셔츠를 꺼내 던지며 전당포에 가서 돈을 빌려오라고 했다. 그에게 5프랑을 갖다 준 후 미남 남편의 잠든 모습을 보고 안심한 제르베즈는 아이들 내복을 빨러 공동빨래터로 갔다.

세탁장에는 비누냄새와 표백제 냄새가 진동을 했고 공기는 축축하였다. 여자들은 팔뚝을 걷어 부치고 세차게 방망이질을 하며 웃어대고 있었다. 그 곳의 모든 여자들이 지저분했다. 소나기를 맞은 것처럼 볼품없이 흠뻑 젖어있었으며 벌겋게 달아오른 몸에선 김이 무럭무럭 피어오르고 있었다. 제르베즈는 빨래터에서 옆집 보슈 아주머니를 만나 자신의 신상이야기를 주고받으며 힘차게 빨래방망이를 두들겼다. 그 사이 랑티에는 자신의 트렁크를 들고 제르베즈가 갖다준 돈과 벽난로 위에 놓아두었던 전당표들마저 몽땅 들고 아델과 도망쳤다.

세탁장에서 랑티에가 떠난 것을 아이들로부터 듣게 된 제르베즈는 울지도 못하고 두 손으로 얼굴을 가린 채 숨을 몰아쉬고 있었다. 눈을 들어보니 바로 눈앞에 아델의 언니 비르지니가 서너 명의 여자들에 둘러싸여 제르베즈 쪽을 흘깃거리며 무엇인가 지껄이고 있었다. 순간 제르베즈는 분노에 사로잡혔다. 그녀는 물이 가득 찬 물통을 비르지니에게 끼얹었다. 비르지니의 욕설이 뒤따랐다. 파리내기 비르지니의 능란한 말솜씨와 욕설에 제대로 대꾸도 하지 못해 억울했던 제르

베즈가 다시 양동이물을 던졌고 비르지니도 그녀에게 물통
을 끼얹었다. 이리하여 무서운 싸움이 벌어졌다.

서로 수없이 던진 양동이 물로 두 사람은 머리부터 발끝까
지 흠뻑 젖었고 블라우스는 어깨에 들러붙고 스커트는 허리
에 달라붙었다. 그러자 제르베즈가 비명을 질렀다. 비겁하게
도 비르지니가 뜨거운 잿물을 받아놓은 양동이를 제르베즈
에게 퍼부었던 것이다. 둘은 서로 달라붙어 목을 조르고 머
리채를 잡아당겼다. 말 한마디 없이, 욕설도 없이 격투는 묵
묵히 계속되었다.

둘이는 닥치는 대로 서로 때리며 할퀴고, 꼬집고 쥐어뜯었
다. 키다리 검은 머리 비르지니의 블라우스가 북 찢어져 어
깨의 살이 다 드러났다. 금발의 제르베즈의 하얀 블라우스
역시 소매가 터져 벌거벗은 것과 다름없었다. 제르베즈가 비
르지니의 귀걸이를 잡아당겨 귀가 찢어지고 피가 흘렀다. 비
르지니가 방망이를 집어들자 제르베즈도 방망이를 집어 들
었다. 제르베즈가 비르지니를 깔고 앉았다. 그래놓고는 방망
이를 휘두르며 때리기 시작했다. 예전에 플라쌍 마을의 강변
에서 세탁물을 빨던 것처럼 흥얼거리면서 방망이를 규칙적
으로 내리쳤다. 옆에서 구경하던 세탁부들이 놀라서 그만두
라는 소리도 듣지 못했다. 두들기는 일밖에 아무 생각도 없
이 그녀는 한군데라도 남김없이 골고루 온 살을 두들기려는

작정인 것 같았다. 사람들이 간신히 그녀에게서 비르지니를 떼어놓았다. 그녀는 아주 심하게 절뚝거리며 볼에서는 피를 흘리며 푸르뎅뎅해진 두 팔로 아이들을 이끌고 집으로 갔다.

그녀는 의자 등에 빨래를 널었다. 그녀의 손에는 세탁비로 남겨놓은 4수중 1수가 남았을 뿐이었다. 그녀는 아이들이 창가에서 웃는 소리를 듣자 두 아이의 머리를 얼싸안은 채 잠시 동안 넋을 잃고 앉아 있었다. 텅 빈 방에는 아무 것도 남아있지 않았다. 랑티에의 포마드로 더러워진 세숫대야의 물이 햇빛 아래 번들거리고 있었다. 빠뜨리고 간 물건은 아무 것도 없었다. 조금 전까지 트렁크가 놓여있었던 구석이 커다란 구멍이 뚫린 것처럼 휑해 보였다. 창문 고리에 걸어두었던 둥근 작은 거울도 보이지 않았다. 어떤 예감에 제르베즈는 난로 위를 보았다. 역시 거기에 놓아둔 전당표마저도 없어져 버렸다. 눈앞에는 회색 거리가 있었다. 그녀는 이글거리는 거리의 열기 속에 어린 자식들과 함께 홀로 내던져진 것이다. 그녀는 변두리의 한길 좌우를 살펴보다가 갑자기 그녀의 일생이 도살장과 병원 사이에서 못 박혀버릴 것 같다는 불길한 예감에 몸을 떨었다.

2 - 홀로서기

그로부터 3주 후 제르베즈는 콜롱브 영감의 주점에서 쿠포와 같이 술에 절인 자두를 먹고 있었다. 쿠포가 길에서 세탁물을 전하고 돌아가는 그녀를 그곳으로 억지로 데리고 들어온 것이었다. 갈색 눈에 곱슬머리, 쾌활하고 장난기 많은 26살의 쿠포는 아름다운 금발, 뽀얀 피부, 너무나 귀여운 붉은 입술의 제르베즈를 대담하게 사랑스런 눈길로 지긋이 바라보고 있었다. 그는 그녀에게 청혼했었고 지금도 결혼해줄 것을 다시 한 번 간청하고 있었다. 그녀는 그의 청혼을 기분 상하지 않도록 거절했다.

사람들이 점점 더 주점으로 몰려들어오고 있었다. 술꾼들 중에는 쿠포가 아는 친구들도 있었다. 뚱뚱한 40대 주인인 콜롱브 영감은 증류주를 만들어 팔고 있었다. 제르베즈는 증류기를 구경하러 갔다. 작은 마당에서 알코올이 만들어지고 있는 거대한 증류장치에서는 실과 같이 투명한 알코올이 흘러나오고 있었다. 진동 하나 없이 연기 하나 내뿜지 않고 일을 하고 있는 이상한 모양의 유리관들과 수없이 둘둘 말린 파이프들을 보고 있노라니 무서운 생각이 들었다. 마치 심야의 작업을 대낮에 그것도 음침하고 강력한 일꾼이 말없이 일하고 있는 것 같았다.

증류기는 불꽃 하나없이 알코올을 땀처럼 천천히 그러나 끈덕진 샘물처럼 흘리고 있었다. 그것은 마침내는 이 방을 채우고 큰 한길로 퍼져나가, 파리라는 거대한 구멍으로 범람하는 듯했다. 제르베즈는 섬뜩하니 무서워졌다. 그곳에서 알코올에 대한 두려움을 새삼 느끼고 있었다. 쿠포는 술 대신 카시스 음료를 마신다고해서 카데카시스라는 별명이 붙었다. 쿠포의 아버지는 술에 취해 지붕에서 떨어져 죽었으며 제르베즈는 어린 시절부터 어머니와 술을 마신 적이 있었고 그 일로 죽을 뻔한 적도 있었다. 이런 기억에 저항하듯 제르베즈는 자신의 소박한 소망에 대해 이야기했다. 일할 수 있고 먹을 수 있고 자신만의 집을 갖고 아이들을 키우고 침대에서 편안히 죽을 수 있었으면 하는 것이 그녀의 소망이었다.

쿠포와 제르베즈와의 다정한 관계는 계속되었다. 쿠포는

몸이 부서져라 일하고 어린애들을 키우며 밤에는 또 누더기
들을 모아 바느질하고 있는 그녀를 보면서 존경심을 품게 되
었다. 그는 그녀 옆에서 많을 일들을 거들어주었다. 우유를
찾으러가고 잔심부름을 해주고 세탁물 꾸러미를 들어다 주
곤 하였다. 먼저 집에 돌아오면 아이들을 데리고 산보도 데
리고 가곤 했다. 제르베즈는 그의 친절에 보답하기 위해 그
의 다락방으로 올라가 그의 옷들을 수선해주곤 하였고 그 둘
사이에는 깊은 친밀감이 생겼다.

쿠포는 심술궂은 사람이 아니었다. 때로는 이치에 맞는 이
야기도 할 줄 알았고 멋진 넥타이랑 일요일에 신는 에나멜 구
두도 갖고 있는 약간은 멋쟁이기도 했다. 원숭이처럼 재치도
있고 뻔뻔스러우며 파리내기 노동자답게 능글맞은데다 달변
이기도 했다. 젊은 그 얼굴에는 제법 애교가 있었다. 그녀도
그가 옆에 있으면 지루하지 않았다. 그가 배워온 노래에 귀
를 기울이기도 하였고 변두리동네의 농담들을 듣고 있으면
재미있었다. 남자 쪽은 늘 그녀의 스커트에 몸이 스치고 있
었기 때문에 점점 더 불타오르고 있었다. 그는 이미 붙잡히
고 만 것이다. 그것도 아주 단단히.

그녀는 결국 끈질기게 열정적으로 청혼하는 그를 승낙하
고 말았다. 그들은 결혼을 공식적으로 인정받고자 집안의 실
력자인 쿠포의 누이 로리예 부인을 만나러 갔다. 로리예 부

부는 금사슬을 만드는 사슬공업자들이었다. 쿠포는 은근히 이 누이를 두려워하고 있었으므로 제르베즈도 그녀가 두려웠다. 300가구가 세들어 사는 병영처럼 거대한 노동자들의 공동 아파트 입구에서 이들이 살고 있는 7층을 바라보니 계단들이 마치 텅 빈 높은 탑처럼 꼭대기까지 뚫려있고 제일 꼭대기에 있는 가스등은 밤하늘의 별처럼 보였다. 계단들은 지저분하고 난간들은 끈적거리며 복도마다 악취 섞인 음식 냄새가 잔뜩 배어있었다. 다리를 약간 저는 제르베즈는 마치 긴 여행처럼 힘들게 계단들을 올라갔고 7층에 다 올라와서도 희미한 가스등 불빛 아래 한 없이 길고 긴 복도를 이리저리 돌다가 캄캄한 복도를 비틀거리며 걸어간 다음 마지막 몇 계단을 올라가 로리예 부부의 아파트에 도달하게 되었다.

복도같이 긴 방에서 두 사람은 작업하고 있었다. 황금을 볼 수 있으리라고 기대한 제르베즈에게 작업 풍경은 실망스럽기 그지없었다. 로리예 부인은 제르베즈의 신발 바닥에 금부스러기라도 묻히고 나가지 않는지 자세히 살폈다. 방을 나와 인기척도 없고 희미한 가스등만 비치고 있는 계단을 내려다보는 그녀에게 계단은 어두운 우물바닥과 같았다. 밖으로 나와 커다란 아파트를 올려다보는 그녀는 아파트가 그녀의 어깨 위에 차디차게 덮쳐오는 것처럼 생각되어 어린아이처럼 공포를 느꼈다.

3 - 쿠포와의 새출발

제르베즈는 결혼식을 따로 할 필요를 못 느꼈지만 쿠포가 이에 반대했다. 식사 한 끼라도 같이 나누지 않고는 결혼을 했다고 말할 수 없다는 것이었다. 그래서 하객들 각자가 비용의 일부를 낸다는 이상한 조건에서 결혼식 피로연을 하기로 결정했다. 빈털털이 쿠포는 그럼에도 결혼반지를 사고, 양복 조끼와 프록코트와 바지, 피로연 술값과 미사 비용을 내기 위해 고용주에게서 돈을 빌렸다. 제르베즈도 조촐하게 치르고 싶었지만 추가로 일을 하여 모은 돈으로 옷과 모자 등을 샀다. 쿠포는 성당에서 결혼식을 올리기 위해 신부와 미사 비용을 홍정했다.

토요일 결혼식 날, 구청에서 결혼식을 올리기 위해 가는 신랑 신부와 증인의 행렬, 노란 바지를 입은 보슈, 연미복 차림의 마디니에 씨, 녹색 숄을 걸치고 빨강 리본이 달린 검은 보넷을 쓴 쿠포 마나님을 길가의 사람들은 쳐다보았고 이들은 쑥스러워했다. 구청에서 일사천리로 형식적인 모든 수속을 마치고 사람들이 서명을 했다. 신랑은 글자를 몰라 십자가를 하나 그렸다. 사환이 결혼증명서를 건네줄 때, 제르베즈에게 옆구리를 찔린 쿠포는 큰 마음먹고 5수를 주었다. 성당에서 결혼식을 올리기 위해 구청에서 성당까지 상당히 먼 길을 또다시 걸어갔고 도중에 남자들은 맥주를 여자들은 까치밥나무 술을 물에 타서 한 잔했다. 성당제단 앞에 선 신랑 신부와 증인들은 언제 무릎을 꿇고 앉아야 하는지 몰라 어정쩡하게 서서 복사의 신호를 기다렸다.

의식이 끝나자 이들은 피로연을 예약해둔 식당으로 가기 전 잠깐 주점에 들러 목을 축였다. 하객들이 다 모여서 식당으로 가려고 하는데 한차례 소나기가 쏟아지고 뇌성이 울렸다. 식사 전에 남은 시간을 보낼 방법에 대해 손님들마다 의견이 분분했으나 미술관을 방문하기로 결정이 났다. 술집 손님들이 두고 간 낡아빠진 파란색, 녹색, 갈색의 우산들을 빌려 미술관으로 출발한 일행은 생드니 가를 지나 파리 시내로 들어갔다. 다시 비가 오자 헌 우산을 펼쳐든 이들 일행을 보고 개구쟁이들이 "가장 행렬이다"라고 외쳤다. 제르베즈의 진한 푸른 옷, 포코니에 부인의 꽃무늬 드레스, 보슈의 노란 바지, 쿠포의 번쩍이는 프록코트, 로리예 부인의 화려한 드레스, 르망주의 구겨진 치마 등 가난한 이들의 호화로운 헌 옷 행렬 앞에서 사람들이 재미있어하는 표정으로 몰려들어와 이들 일행을 쳐다보았다. 그러나 일행은 순진하니 구경거리가 되는 것에도 기분상하지 않고 농담도 재미있게 여기며 느긋하게 걸어갔다.

루브르 박물관에 몇 번 와 보았던 마디니에씨가 일행을 이끌었다. 근엄한 제복을 입은 수위들을 보며 경건해진 이들 일행은 아주 조용한 걸음걸이로 프랑스 회랑으로 들어갔다. 황금 액자에 감탄하며 너무나 많은 그림들에 놀라며 〈메두사의 뗏목〉 앞에 섰다. 마디니에씨가 주제를 설명하자 모두 깜짝 놀라서 입을 다물었다. 다시 걷기 시작하자 일행의 느낌을 보슈가 요약해 말했다 : "굉장히 더웠겠구먼".

이들이 아폴로회랑에서 무엇보다 감동받은 것은 자신들의 모습이 비칠 정도로 깨끗하고 투명한 대리석 바닥이었다. 이들은 수없이 계속되는 방과 그림 앞에서 두통이 나고 올려다보느라 목도 아팠다. 마디니에씨가 일행에게 정지하라는 신호를 보내었다. 그는 교회에라도 있는 것처럼 여기는 걸작뿐이라고 낮은 목소리로 중얼거렸다. 제르베즈는 〈가나의 혼인〉 앞에서 제목이 무엇인지를 물었다. 〈모나리자〉 앞에선 쿠포는 그의 아주머니 한 사람과 닮았다고 생각하였다. 남자들은 나체의 여자들을 곁눈질하며 싱글거리고 있었다. 건너편에서는 고드롱 부부가 〈무리요의 성모상〉 앞에서 남편은 입을 헤벌리고 여편네는 두 손을 배에 얹고 감동에 넘쳐 멍하니 서 있었다. 일행은 계속되는 회랑들과 끝없는 그림들의 행렬 앞에서 엄청난 두통을 느꼈다. 마디니에씨는 이제는 설명도 없이 앞서가고 있었고 일행들은 목을 공중으로 쳐들고 정연히 그의 뒤를 따라갔다. 어리벙벙해진 그들 앞으로 수세기의 예술들이 지나갔다.

결혼식 하객 일행이 루브르를 구경하고 있다는 소문이 돌면서 이들을 구경하려고 화가들이 킬킬거리며 달려왔다. 호기심 많은 이들은 이들을 더 편안하게 보기 위해 미리부터 걸상에 와 앉아있었다. 수위들은 못마땅한 얼굴로 입을 꾹 다물고 있었다. 이제는 피곤해진 일행은 잘 울려 퍼지는 쪽마루 위에 구두징 소리를 내며 뚜벅거리며 걷고 있었다. 마치 가축 떼들이 장식하나 없이 정숙하고 정결한 홀 한 가운데 내던져서 뚜벅뚜벅 걸어가는 것 같았다. 이들 일행은 나가기 위해 출구를 찾다가 길을 잃어버렸다. 그들은 문을 닫을 때까지 갔던 길을 오가느라 아주 지쳐버렸다. 계속 오가는 이들을 보고 놀란 수위 한 사람이 출구로 그들을 안내했다.

여전히 식당을 가기에는 시간이 남아있었다. 다시 비가 왔고 부인들은 흙탕물에 나들이옷을 망쳤다고 화를 냈다. 옷을 더 망치지 않기 위해 루와이얄 다리 밑으로 갔다. 다리 밑에서 그들은 편안히 앉아 누각 밑에서 뱅뱅 도는 검은 물을 바라보기도 하며 물수제비 놀이도 하며 소리 지를 때마다 되돌아오는 메아리소리에도 즐거워했다. 이들은 다리 밑을 나와 방동 광장의 기념탑을 방문했다 마디니에 씨의 제안에 일행들은 탑으로 올라갔다. 탑 위에서 사람들은 약간 현기증을 느끼며 아래를 내려다보았다. 주변의 것들에서 유리되어 공중에 떠있는 것 같았다. 내려와서는 쿠포가 수위에게 일인당 2수우씩 24수우를 지불하였다. 산책을 성공적으로 마무리하기 위해 쿠포가 술집으로 가서 술 한 잔 씩을 내었다.

마침내 식당에 도착해 식탁에 앉은 이들은 모두 코를 박고 음식 먹기에 바빴다. 엄청난 식성을 자랑하는 메보트 때문에 계속 빵을 주문해야하는 식당 주인 부부의 당황스러워하는 모습이 전해지자 모두들 배를 잡고 웃었다. 식사비는 각자 5프랑으로 모두 75프랑이었다. 메보트는 3프랑밖에 내놓지 않았기 때문에 옥신각신 다툼이 있었고 쿠포는 누이 로리에에게서 2프랑을 꾸었다. 식당 주인 영감은 이 돈으로는 전혀 계산이 맞지 않는다고 하면서 추가 비용으로 6프랑을 더 달라고 했다. 모두들 무섭게 싸우고 나서 3프랑을 더 주고 해결했다. 쿠포와 첫날밤을 보내게 될 봉쾨르 여관 앞에서 찌그러진 검은 모자, 검은 망토, 검은 바지를 입은 장의사 인부 바주즈를 만난 제르베즈는 간신히 하루 동안 지탱해온 기쁨이 허탕이 된 듯 슬프고도 무서운 생각이 들었다. 그녀는 바주즈 영감과의 만남으로 결혼식에 비친 죽음의 그림자에 두려워했다. 바주즈는 비틀거리며 술취한 소리로 중얼거렸다. "누구도 저승길은 면할 수 없어, 당신도 빨리 가고 싶어질 때가 있을 거야, 사람이란 죽으면 다 그만이야."

4 - 행복의 순간들 그리고 그림자

제르베즈와 쿠포는 4년 동안 오붓하게 사이좋게 살면서 지독하게 열심히 일하고 저축하는 모범적인 가정을 꾸려나갔다. 동네사람들은 빚도 갚고 저축도 하는 그녀를 존중했다. 구트 도르의 새 거리에다, 제르베즈는 자신이 일하는 세탁소 맞은편에 방 하나와 부엌이 딸린 자그마한 2층집을 얻었다. 플라쌍의 시골집에 돌아온 것과 같은 한적하고 조용한 집이어서 제르베즈는 행복했다. 그 집은 안방과 식당을 커튼만 치면 분리시킬 수 있어서 더욱 좋았다. 그녀는 임신 중에 그 집으로 이사하였고 거기에서 나나를 낳았다. 출산의 징후가 보이던 날, 그녀는 절대로 쿠포를 굶길 수 없다고 생각하면서 진통중인 몸을 일으켜 그의 저녁을 만드는 도중에 그만 마루

바닥 위에서 해산을 했다. 제르베즈는 근엄한 표정으로 갓난
아이를 바라보다가 커다랗게 뜬 눈이 차츰 슬픔으로 흐려왔
다. 그녀는 아마도 사내아이를 갖고 싶었을 것이다. 이 파리
에서는 사내아이들은 어느 때고 난관을 극복할 수도 있고 그
다지 곤경을 치르지 않아도 되기 때문이었다. 그날 밤 쿠포는
거의 잠을 자지 않고 아기를 보살폈고 새벽에는 일을 나갔다.
그리고 점심시간을 이용해 구청에 가서 출생신고를 했다.

쿠포와 제르베즈는 나나의 세례식을 계기로 옆집에 살고
있는 구제 모자와 친하게 되었다. 어머니는 레이스 수선을
하고 아들은 대장장이로 볼트공장에서 일하고 있었다. 구제
의 아버지는 취중에 친구를 죽이고 옥중에서 자살하였다. 이
두 모자는 변함없는 친절과 용기로 가족의 비극을 참아내고
있었다.

구제는 장미빛 얼굴에 파란 눈을 가진 헤라클레스같이 힘
이 센 23세의 대장부였다. 금발의 당당한 체격의 예의 바른
이 청년은 처음에는 제르베즈를 보고 부끄러워했지만 이제
는 상당히 친숙해졌다. 구제 모친은 수도자처럼 항상 검은
옷과 모자를 쓰고 있었으며 귀부인같이 정숙하고 온화한 얼
굴이었다. 제르베즈는 이 모자에 대하여 깊은 우정을 느꼈
다. 그녀가 처음 그 집에 들어갔을 때 집안이 깨끗한데에 놀
랐다. 먼지 하나 없이, 유리창도 거울처럼 밝게 빛나고 있었다.

구제의 방은 마치 계집아이 방처럼 아담하고 깔끔하였다.

구제 모자는 사귈수록 가치 있는 사람들이었다. 그들은 수입도 좋았고 저축도 상당히 하고 있었다. 동네사람들은 이들 모자가 지나가면 공손하게 인사를 했다. 거리 끝의 세탁부들은 어깨가 딱 벌어지고 늠름한 그가 얼굴을 숙이고 지나가는 모습을 재미있어 했다. 그는 여자들의 천박한 이야기나 상스러운 말투를 좋아하지 않았다. 그가 한번 술에 취해 집에 온 적이 있었지만 아버지의 초상화 앞에서 어머니가 훈계한 이후로는 적량밖에는 술을 마시지 않았다. 3년 동안 제르베즈 부부와 구제 모자는 거의 일요일마다 같이 외출하면서 잘 지냈다.

제르베즈는 열심히 저축하면서 다른 야심이 생겼다. 그녀는 조그만 가게를 빌려 독립하고 싶어 했다. 그녀는 괘종시계 안에 저축은행 통장을 감추어두었다. 쿠포가 시계태엽을 감는다고 하면 그녀는 화를 내었다. 그녀만이 뚜껑을 열고 경건하게 시계를 닦고 태엽을 감았다. 곧잘 제르베즈는 그 시계 앞에서 몽상에 잠기곤 했다. 나나는 세 살이 되었고, 구트 도르에 조그만 잡화상이 비었고 가진 돈으로는 좀 무리였지만 그녀는 그 가게를 빌리고 싶어 했다. 그녀는 쿠포와 의논한 후 다음날 그가 일이 끝나면 같이 계약하러 가기로 했다.

그즈음 쿠포는 신축중인 4층 건물의 지붕을 깔고 있었다. 그날은 마지막 함석을 몇 장 더 깔면 되었다. 5월의 아름다운 태양이 서쪽으로 기울고 굴뚝들이 금빛으로 물들어가는 아름다운 저녁이었다. 쿠포는 재단사가 바지를 재단하듯이 아주 높이 공중에서 작업판에 엎드려 큰 가위로 함석판을 조용히 자르고 있었다. 그가 함석판을 붙이기 위해 인두를 조수에게서 받으려는 순간 맞은편 골목길에서 제르베즈가 나나의 손을 잡고 나타나는 것이 보였다. 제르베즈는 높은 하늘에 떠 있는 그를 보고 불안하였기 때문에 그를 방해하고 싶지 않았다. 그는 이제 굴뚝에 삿갓을 다는 쉬운 일만 남았다. 그때 아빠를 발견한 나나가 아빠를 불렀다. "아빠, 아빠, 여기야". 함석장이는 몸을 굽히려고 했으나 발이 미끄러졌다. 그리고는 다리가 꼬인 고양이처럼 힘없이 쓰러지면서 붙잡을 데도 없이 경사를 따라 미끄러져 떨어졌다. 그의 몸은 가벼운 원을 두 번 그리며 높은 곳에 내던져진 빨래 보따리처럼 둔한 소리를 내고 한길 복판에 내동댕이쳐졌다. 제르베즈는 비명을 질렀고 사람들이 몰려왔다. 사람들은 그를 병원으로 데리고 가려 했으나 제르베즈는 그를 집에서 치료시키고자 했다.

제르베즈는 연일 헌신적인 간호로 그를 회복시켰다. 의사를 왕진 오도록 했기 때문에 돈이 많이 들었고 괘종시계 안의 통장잔고는 눈에 띄게 줄어들고 있었다. 가게는 포기해야 했다. 구제 모자는 쿠포가 아픈 동안 제르베즈에게 많은 도움을 주었다. 구제는 그녀를 위해 물을 길어다 주었고 이런 일은 가게에 보탬이 되었다. 그는 쿠포 일가친척이 없는 날은 이들 부부의 말상대가 되어주었다. 대장장이는 헌신적으로 쿠포를 간호하고 돌보는 그녀를 말없이 바라보면서 그녀에게 감동하고 있었다. 이렇게 성실한 여자를 본 적이 없었다. 다리를 저는 것도 우습게 보이지 않았다. 오히려 그런 점이 말할 수 없을 정도로 더 감동을 주었다.

쿠포는 다리가 회복되는 동안 빈둥거리게 되고 술에 맛들이게 되었다. 쿠포가 취해 들어오는 횟수가 늘어나자 제르베즈는 차츰 울적해져갔다. 아침저녁으로 그녀는 구트 도르의 가게 앞으로 가서 물끄러미 가게를 바라보았고 구제가 그런 그녀를 보게 되었다. 구제는 그녀에게 자신의 결혼비용으로 저축해놓은 돈을 꾸어주겠다고 했고 제르베즈는 그의 간청을 받아들여 가게를 얻게 되었다. 구제 어머니는 아들의 계획에 반대하지는 않았지만 쿠포가 술을 마시는 것을 보고 결국 가게도 들어먹을 것이라고 우려했다. 사람들은 더 이상 절름거리지도 않고 집과 구트 도르의 가게를 나는 듯이 다니는 제르베즈를 보고 그녀가 다리 수술을 받았음이 분명하다고 수근거렸다.

5 - 세탁소와 노동의 즐거움

새로 단장한 푸른색 세탁소 앞에서 제르베즈는 황홀해했다. 그녀의 가게는 날로 번창했고 그녀는 두 명의 세탁부와 조수를 고용했다. 쿠포는 다시 일을 시작했으나 카페에서 빈둥거리는 시간이 더 많아졌다. 쿠포의 누이 로리예 부인은 제르베즈의 성공에 엄청난 질투를 느끼고 그녀가 구제와 잤다고 소문을 퍼뜨렸다. 로리예 부부의 질투어린 험담에도 아랑곳하지 않고 열심히 일하는 제르베즈를 동네사람들은 높게 평가했다. 제르베즈는 다리미질 틈틈이 가게 문간에 나와서 조용히 미소 지으며 아는 사람들에게는 친숙한 인사로 가볍게 머리를 숙였다. 한길에서 웃음 짓는 자신이 자랑스러웠고 즐거웠다. 구트 도르는 이제 그녀의 것이 되었다.

스물여덟 살의 그녀는 벌써 통통해지기 시작했다. 금발의 커다란 눈, 적당한 입과 하얀 이빨의 그녀는 다리만 괜찮았다면 일류미인에 낄 수도 있었다. 혼자서 며칠 씩 밤새워 일하고 고객을 위해서는 몸이 부서져라 일하고 나서는 그만큼 음식을 즐기는 것도 나빠 보이지 않았다. 제르베즈는 정말이지 너무나 부드럽고 너무나 선량했다.

쿠포도 일을 나가기 시작했다. 그러나 일주일 중 이틀은 제르베즈가 찔러넣어준 돈을 가지고 도중에 친구들과 함께 술집에서 보낸 다음 제르베즈에게 거짓말을 꾸며대며 돌아오곤 했다. 가게의 나빠진 공기에 점점 전염되어가는 것처럼 제르베즈는 클레망스가 전해주는 동네의 지저분한 이야기에도 익숙해지고 있었다. 한낮에 술에 취해 돌아온 쿠포는 가게에서 제르베즈를 진하게 애무했다. 그녀는 더러운 세탁물 더미의 악취 때문에 가벼운 현기증을 일으키고 멍하니 하는 대로 내맡기고 있었다. 이처럼 세탁장의 오물들 속에서 입 가득히 교환한 키스야말로 두 사람의 생활이 서서히 무너져 내리기 시작한 최초의 추락과 같은 것이었다.

구제는 일에 방해가 될까봐 자주 오지는 않았지만 가끔씩 가게에 와서는 가게 안쪽 구석에서 짧은 파이프를 피우며 가만히 몇 시간씩 앉아 있는 것을 좋아했다. 그는 거의 말을 하지 않았다. 입을 다물고 제르베즈가 무슨 말을 할 때마다 파이프를 떼고 웃을 뿐이었다. 구제는 쿠포에게 발길질 당하는 에티엔 때문에 제르베즈가 속상해하는 것을 알고 에티엔을 볼트공장 풀무공으로 데려갔다. 에티엔은 그들 사이를 잇는 또 하나의 끈이 되었다. 구제는 에티엔의 근황을 전하면서 제르베즈와 이야기를 나누곤 하였다. 사람들이 구제가 제르베즈에게 반한 것이라고 놀리기라도 하면 제르베즈는 처녀처럼 볼을 붉히며 부끄러워하였다. 그녀는 성처녀처럼 사랑받는 것에 대해 큰 기쁨을 느꼈다. 무엇이고 커다란 근심이 생기면 구제를 떠올렸고 그러면 마음이 가라앉았다. 둘이서만 같이 있어도 어색한 기분은 전혀 없었다. 마주 바라보고 미소 지으며 얼굴만 건너다 볼 뿐이었다.

6 - 구제의 사랑

어느 가을날 해질 무렵 세탁물을 단골집에 갖다 주고 오던 제르베즈는 쇠붙이 일 하는 것을 보고 싶으면 언젠가 한번 들르라는 구제의 이야기가 떠올라, 그를 만나러 철공소로 발길을 돌렸다. 에티엔을 보러 온 것처럼 하면 될 것이었다. 그녀는 한참을 헤매다가 작업장 입구에서 풀무질하는 에티엔과 금발 수염의 구제를 발견하였다. 그녀를 본 구제의 얼굴이 빛났다. 어두워진 공장 안에서 말할 수 없이 싱싱해 보이는 이 젊은 여자의 웃음 띤 얼굴을 대장장이는 감동 속에서 바라보았다.

베크 살레라는 대장장이는 제르베즈를 집적거리고 구제와 그는 제르베즈 앞에서 볼트 만들기 경쟁을 벌였다. 염소수염에 빗질도 안한 헝클어진 머리 아래 늑대 같은 눈이 번득이고 있는 이 까칠하고 자그마한 남자가 쇠망치를 휘두를 때마다 허리가 흔들리고 망치 힘에 이끌리듯 지면에서 몸이 떴다. 구제의 차례가 되자 구제는 제르베즈에게 깊은 애정 어린 시선을 보내며 서두르지 않고 규칙적인 리듬으로 전력을 다해 쇠망치를 내리쳤다. 곱슬거리는 머리카락이 이마에 흘러내린 채 금발 수염의 그의 얼굴은 화덕의 불빛을 받아 황금빛으로 빛났다. 단단한 근육과 늠름한 골격, 넓은 가슴, 정확히 규칙적으로 쇠망치를 내리치는 그의 모습은 주변을 밝히는 신과 같은 전능한 존재로 보였다. 그녀 앞에서 벌어지는 두 남자의 결투와 같은 작업 대결에서 승리한 구제를 보면서 그녀는 벅찬 기쁨을 맛보았다.

제르베즈는 매주 토요일이면 구제네에 세탁물을 가져다 주었다. 첫해에는 빌린 돈 5백 프랑 중 매달 20프랑씩 꼬박꼬박 갚아나가면서 돈의 약 절반을 갚았다. 그러나 고용인들의 월급 문제나 집세 때문에 다시 돈을 빌리게 되었고 그런 이유로 빚은 다시 425프랑이 되었다. 이제는 빚을 갚지 못하고 있었으며 세탁비로 빚을 제하고 있었다. 어느 날 배달을 마치고 계단을 내려오던 제르베즈는 비르지니를 만났다. 그녀는 제르베즈의 예전 집으로 이사와 살고 있었다. 비르지니는 랑티에가 지금은 아델과 헤어졌다고 전했다. 7년이나 지

났건만 이상하게 심장이 뜨거워지는 것에 당황스러워하는 제르베즈를 보며 비르지니는 묘한 기쁨을 느끼며 랑티에가 제르베즈에 대해 아주 오래 이야기해주었다고 말했다. 이 말에 제르베즈는 적잖이 마음이 설레었다. 랑티에를 아직 의식하고 있다는 것이 구제에 대한 묘한 죄책감으로 밀려왔다. 아직 말로 표현하지는 않았지만 감미로운 우정과 같은 두 사람의 사랑을 배반한 것 같은 생각이 들었다. 그러나 랑티에가 돌아와서 그녀에게 키스할 생각만 해도 심장이 세차게 고동치고 귀가 웅웅거렸다. 그럴 때마다 구제의 철공소가 그녀의 피난처가 되었다. 그곳에 가서 구제에게 보호되고 있노라면 또 다시 본래대로의 평정을 되찾고 미소 짓게 되었다. 구제의 쇠망치가 소리를 내며 그녀의 악몽을 몰아내주는 것이었다.

어느 날 구트 도르로 돌아 와보니 아파트가 떠들썩했다. 취하기만 하면 야수가 되는 비자르 영감이 부인을 때리고 있었다. 뒤따라온 브뤼 영감과 함께 자물쇠공을 말린 후 비자르 부인을 부축해 일으켰다. 방한 구석에서는 네 살짜리 랄리가 커다랗게 두 눈을 뜨고서 바로 전날 젖을 뗀 동생을 두 팔로 감싸 안고서 아버지가 어머니를 때려죽이는 이 처참한 광경을 보고 있었다. 집으로 내려온 제르베즈는 싸구려 술로 하얗게 된 얼굴로 이를 악물고 있는 쿠포를 만났다. 그가 전에 포도주를 먹고 어린애처럼 굴던 때처럼 그를 재워주려고

하자 그가 아무 말 없이 그녀를 밀어젖히고 주먹을 쳐들었
다. 그녀는 조금 전의 광경이 떠올라 등줄기가 오싹하였다.
그리고 맥이 빠져서 행복하게 되려는 희망도 상실하고 남자
들에 대하여, 남편과 구제, 랑티에를 생각하였다.

7 - 만찬

제르베즈는 자신의 축일 날, 너무나 인색하고 이기적인 로리예 부부를 기죽게 할 만한 파티를 열고 싶었다. 잔치준비를 하던 중 비르지니로부터 랑티에가 돌아왔다는 이야기를 듣고 그녀는 하얗게 질렸다. 쿠포의 성질상 그에게 칼이라도 갖고 덤빌 수 있었다. 걱정은 되었지만 제르베즈는 성대한 만찬을 계속해서 준비했으며 나중에는 모자라는 돈을 충당하기 위해 비단 드레스와 결혼반지를 쿠포 마나님의 앞치마에 숨겨 전당포로 보내었다. 식사시간에 모두가 왔지만 쿠포가 오지 않아 비르지니, 제르베즈, 구제가 함께 그를 찾으러 나갔다. 그들은 나란히 팔짱을 끼고 유쾌하게 큰 소리로 웃으며 거리를 지나갔다. 술집들에서 쿠포를 찾던 중 제르베즈는 우연히 랑티에를 보게 되자 가슴이 철렁 내려앉았다. 곧 다른 술집에서 쿠포를 찾아 가지고 그들은 돌아왔다. 제르베즈는 14명의 동네사람들을 초대했지만 한 명이 참석하지 못하면서 초대 손님들은 13명이 되었기 때문에 불안한 생각이 들었다. 특히 랑티에 때문에 불길한 예감이 들고 있었던 제르베즈는 이를 피하기 위해 길을 가던 브뤼 영감을 불러들였다.

제르베즈는 땀에 젖은 밝은 얼굴에 가득히 말없는 웃음을 띠고 거위를 들고 나타났다. 금빛 즙이 줄줄 흐르고 있는 커다란 거위 앞에서 모두들 감탄하며 말없이 거위를 바라보고 있었다. 모두 그 대단해 보이는 거위를 먹을 생각에 입술을 벌름거리며 웃고 있었다. 연회가 무르익으면서 모두 더워하자 쿠포가 한길 쪽 문을 활짝 열었다. 연회는 마차소리와 보도를 오가는 사람들의 혼잡 가운데서 계속 되었다. 사람들은 마치 많이 먹기 대회처럼 맹렬한 기세로 거위에게 덤벼들었다. 이처럼 음식을 퍼 넣은 기억이 없었다. 연방 술이 나왔고 모두들 떠들썩하니 푸짐한 만찬을 즐겼다.

갑자기 보슈가 노래를 시작하자 모두 노래를 불렀다. 그때 한길에서 즐겁게 노래하는 이들을 지켜보던 동네 사람들 중에 랑티에도 섞여서 이들을 보고 있는 것이 눈에 띄었다. 르라 부인이 구슬픈 노래를 부르자 마침 랑티에로 인해 불안해하던 제르베즈를 포함해 모두들 눈물을 흘렸다. 쿠포는 결국 한길에 서서 이쪽을 태연하게 쳐다보고 있는 랑티에를 보았고 그와 결투하기 위해 밖으로 나갔다. 제르베즈는 무서운 일을 상상하며 불안한 마음을 감출 수 없었다. 그런데 쿠포가 랑티에와 어깨동무를 하고 집으로 들어왔고 그에게 음식을 대접했다. 모두 정신없이 취한 가운데 파티는 끝났다. 일동은 제각기 끼리끼리 자취를 감추었고 브뤼 영감은 끈덕지고 처량한 소리로 '트루 라라 트루 라라'를 부르며 어두운 골목 안으로 사라졌다. 제르베즈는 구제가 돌아갈 무렵에 그에게 기대어 흐느껴 울었던 것 같다고 생각했다. 쿠포는 여전히 노래하고 있었다. 랑티에는 마지막까지 남아 있었던 것 같다. 제르베즈는 한 순간 자기 머리 위로 누군가의 숨결을 분명히 느꼈다. 그러나 그것이 랑티에의 숨결이었는지 아니면 무더운 밤의 숨결이었는지는 알 수 없었다.

8 - 돌아온 랑티에

그 다음날 쿠포는 길에서 랑티에를 만나자 그를 집으로 다시 데려왔다. 세 사람은 말없이 건배하며 같이 마셨다. 랑티에가 세탁소를 찾아오는 횟수가 차츰 늘었다. 그는 꽃을 사와 제르베즈와 세탁부들에게 주었고 화려한 화술로 그들의 환심을 샀다. 이제 모자직공이 쿠포부부를 방문해도 모두 당연하게 생각했다. 구제만이 여전히 우울해 하고 있었다. 제르베즈는 처음에는 불안했으나 차츰 마음속에서 과거의 그림자를 느끼지 않게 되면서 랑티에에 대해 안심하게 되었다.

봄이 오자 랑티에는 이 집의 식구나 다름없이 되었고 친구들과 가까이 있고 싶다면서 근처에 집을 얻고자 했다. 쿠포가 자기네와 같이 살기를 요청했고 랑티에는 이들과 살게 되었다. 처음에는 랑티에는 다른 곳에서 식사를 했다. 그러나 일주일에 몇 번은 쿠포네와 같이 식사를 했다. 그래서 나중에는 돈을 더 주겠다고 하면서 식사까지 해달라고 부탁을 했다. 그렇게 되자 그는 도무지 집을 떠나지 않고 완전히 자리를 잡고 말았다. 아침부터 저녁까지 셔츠 바람으로 가게와 방을 왕래하며 큰 소리로 일을 지시하곤 했다. 제르베즈에게는 좀 더 나은 술과 빵, 치즈들을 사올 것을 주문했다. 그는 차츰 집안일에도 간섭을 했다. 로리예 부부가 쿠포 마나님에게 지불해야할 10프랑을 받아내어 오는 일도 하기도 했다. 이렇게 1년이 지나갔다. 사람들은 랑티에가 연금을 받고 있는 줄 알았다. 사실은 랑티에는 방세도 식비도 아무 것도 내지 않고 있었다. 제르베즈는 아무 일도 하지 않는 남자들을 둘씩이나 먹여 살려야하니 가게의 수입만 가지고는 아무래도 부족하였다. 더구나 일거리도 줄고 있었고 여직공들은 아침부터 저녁까지 먹고 마시고 하는 편이었다. 제르베즈는 도처에서 외상으로 샀고 빚은 늘어만 갔다.

동네사람들의 큰 화제거리는 랑티에와 제르베즈가 예전의 관계를 회복했냐는 것이었다. 제르베즈는 랑티에에게 아무 감정도 가지지 않고 있었다. 그러나 무엇보다도 나쁜 것은 항간의 소문을 기화로 제르베즈를 대하는 랑티에의 태도가 달라졌다는 것이다. 어느 날 밤 그는 그녀와 단둘이 있게 되자 그녀를 벽에 밀어 붙이고 입 맞추려고 하였다. 마침 그때 우연히도 구제가 들어왔다. 구제는 파랗게 질려서 밖으로 나갔다. 이튿날 제르베즈는 안타까운 마음에서 손수건 하나 제대로 다리지 못하고 있었다. 오후가 되자 견딜 수 없어진 그녀는 빈 바구니를 들고 그를 찾아 나섰다. 요행히 공장 앞에서 그를 만날 수도 있었다. 그도 그녀를 기다리고 있었음이 분명했다. 왜냐하면 5분도 못되어서 우연인 것처럼 그가 나왔기 때문이었다. 그래서 두 사람은 될 수 있으면 공장에서 벗어날 요량으로 어깨를 나란히 하고 걸어갔다. 아직 초록빛이 남아 있는 빈터가 나왔고 말뚝에 매인 염소가 울며 빙빙 돌아다니고 있었다. 나무 밑으로 가서 앉은 두 사람 앞에 초라한 숲이 저 멀리 보였다. 어제 밤 일이 무거운 짐처럼 그들 사이에 가로놓여 있어서 누구도 말을 먼저 꺼내지 못하고 있었다.

견딜 수 없는 슬픔으로 제르베즈의 눈에 눈물이 고였다. 구제는 입술을 떨면서 자신이 얼마나 괴로워했는지 말했다. 제르베즈는 그도 동네사람들이 말하는 것처럼 자신이 랑티에와 깊은 관계에 있다고 믿고 있다고 생각되자 자신도 모르게 손을 내저으며 일어섰다. 그에게 자신의 결백을 천천히 또박또박 말하고 있는 그녀의 얼굴은 너무나 아름답고 순결해보였다. 구제는 그녀의 손을 잡고 다시 그녀를 앉혔다. 겨우 그는 마음을 놓고 숨을 돌렸다. 마음속으로 행복이 밀려왔다.

그녀의 손을 잡은 것은 처음이었다. 두 사람은 서로의 얽혀진 손을 놓으려고도 않고 감동에 눈시울을 붉히면서 지평선을 물끄러미 바라보고 있었다. 구제는 그녀에게 같이 도망가자고 말했다. 제르베즈는 슬퍼하면서 그의 요청을 거절했다.

랑티에는 이제 집에 돈이 좀 있다 싶으면 제르베즈에게서 돈을 꾸어가지고 나갔다. 그리고 쿠포와 함께 시내의 고급 레스토랑에서 고급요리와 술을 먹으러 가곤 했다. 모자직공이 이 집에 들어온 이후로 쿠포는 더 이상 일하려들지 않았다. 이들은 함께 근방의 술집을 깡그리 훑고 다니면서 며칠이고 몇 주일이고 연달아 마셨다. 어느 날 쿠포가 이틀째 집에 들어오지 않았다. 남편을 기다리다 지친 제르베즈에게 랑티에는 카페 콩세르에 가자고 제안했고 망설이던 그녀는 승낙해버렸다. 이들은 거기에서 참으로 재미있는 시간을 보냈다. 카페 콩세르의 노래들에 흠뻑 빠져 집에 돌아온 제르베즈는 쿠포가 방안에 온통 토해놓고 잠들어 있는 것을 보았다. 역겨운 냄새와 오물 속에서 난감해하는 제르베즈를 랑티에가 자기 방으로 밀고 가는 동안에 나나의 얼굴이 방의 칸막이 문 유리 뒤에 나타났다. 그리고 유리에 얼굴을 갖다 대고 엄마의 페티코트가 맞은편 다른 남자의 방으로 사라지는 것을 보고 있었다. 그녀의 장난기 어린 눈엔 성적인 호기심이 번쩍이고 있었다.

9 - 두 남자의 기생

제르베즈가 매일 밤 랑티에의 방으로 들어간다는 소문은
마침내 이웃에 퍼지게 되었다. 처음에는 제르베즈도 자신을
죄 많고 불결한 여자로만 생각하여 자기혐오에 빠졌다. 그러
다가 차츰 아무렇지도 않게 되었다. 쿠포 마나님이 제르베즈
의 이중 살림을 비난하였으나 이미 여기에 물든 제르베즈는
동네 사람들의 행실을 예로 들면서 자신을 변호했다. 그녀는
동네 사람 전부를 끄집어내어 그들의 지저분한 내막을 폭로
하고 짐승들처럼 서로 겹쳐 자고 있는 꼴을 족히 한 시간이나
이야기하였다. 쿠포 마나님은 모친의 세탁물을 재촉하러온
구제를 불러들여 그에게 사실을 노골적으로 털어놓았다. 구
제는 슬픔에 숨이 막힐 듯하여 벽에 기대어 섰다. 제르베즈는

구제가 사실을 알고 있다는 것에 파랗게 질려 세탁물을 가지고 그의 집으로 갔다.

몇 년 전부터 그녀는 구제모자에게 한 푼도 갚지 못하고 있었다. 살림이 궁한 것을 이야기하고는 세탁비를 도로 받아 가곤 하였다. 그녀는 예전처럼 정확하게 일을 마무리 짓지도 약속시간을 지키지도 못하였다. 구제 부인은 세탁이 제대로 되어있지 않은 것을 보고 앞으로는 세탁물을 맡기지 않겠다고 했다. 그리고 빚 이야기를 꺼냈다. 볼트 직공의 일당이 또 깎였다는 것이다. 옆방에서 구제가 어머니를 불러 제르베즈를 만나겠다고 말하였다. 구제는 울어서 눈이 빨갛고 깔끔한 수염 역시 눈물에 젖어있었다. 그는 가슴이 터질 것 같이 되어 그만 그녀에게 나가달라고 소리치고 말았다. 그녀는 멍하니 시키는 대로 방을 나와 바구니를 들고 그 집을 나왔다.

그런 다음부터 그녀는 모든 것이 대수롭지 않게 여겨졌다. 세탁물들은 제대로 세탁되지 않았다고 되돌아왔고 그녀는 손님들에게 마구 말대꾸를 하면서 싸웠다. 이제 그녀의 가게를 찾는 사람들은 돈을 제때 잘 지불하지 않는 손님들이나 매춘부들뿐이었다. 말할 것도 없이 나태와 빈곤과 함께 불결도 따라 들어왔다. 이제 와선 누구나 이것이 지난날 제르베즈의 자랑거리였던 아름다운 푸른 세탁소라고는 생각할 수 없었다. 벽도 유리창도 청소하지 않아 온통 마차가 튀기고 간 흙탕물로 얼룩져있었다. 가게 안은 더 초라하였다. 천장의 벽지는 세탁물의 습기로 떨어져 나가 있었고, 다리미 난로는 부서져 구멍이 나있었다. 제르베즈에게 이런 불결함은 하나의 따뜻한 보금자리였으며 그런대로 즐거움을 가지고 그곳에 웅크리고 살고 있었다.

집안 살림은 그럭저럭 버티어나갔다. 아무 것도 먹을 것이 없는 날이 있는 반면 실컷 고기로 배를 채우는 날도 있었다. 쿠포 마나님이 앞치마 밑에 보자기를 숨겨 가지고 전당포로 가는 모습이 더 자주 목격되었다. 벽의 괘종시계마저 전당포로 가던 날 이 시계에 손을 댄다면 차라리 굶어죽겠다고 맹세해왔던 제르베즈는 눈물을 흘리며 힘없이 의자에 주저앉았다. 모주꾼 쿠포의 신수는 이상하리만큼 원기왕성하였다. 뚱뚱해진 배를 두들기며 몸에 좋다고 하면서 점점 더 술을 많이 마시고 취해있었다. 헝클어진 회색머리는 불꽃처럼 곤두섰다. 술 취한 얼굴은 포도주처럼 푸르죽죽해졌다. 랑티에 역시 원기왕성하였다. 몸매에 대해 굉장히 신경을 쓰면서 음식 조절을 했다. 그래서 집에 한 푼도 없을 때조차도 계란이랑 갈비 등 영양가 있는 가벼운 음식이 필요했다. 마누라를 남편과 공유하면서부터 제르베즈를 불러 잔소리를 하기도, 큰소리를 지르기도 했으며 남편보다 더 주인 행세를 했다. 살림살이는 더 옹색해져갔다.

어느 날 비르지니가 가게를 내고 싶다고 하자 그는 깊은 생각에 잠겨 아주 좋은 생각이라고 여겼다. 그는 비르지니를 구석으로 불러 무언가를 소근거렸다. 그러고 나서 그는 제르베즈에게 이렇게 사는 것보다 가게를 내놓는 것이 낫다며 그녀를 설득했다. 제르베즈는 완강히 거절했지만 쿠포 마나님이 죽자 장례비와 집세를 치르기 위해 가게를 비르지니에게 인도하고 말았다. 쿠포 부부는 로리예 부부가 사는 아파트 7층의 빈방을 얻어 들기로 했다. 그러나 랑티에는 푸아쏭 부부에게 폐가 되지 않는다면 그냥 그 방에 살고 싶다고 했고 푸아쏭 부부가 이를 받아들였다.

쿠포 마나님을 묘지에 묻고 온 제르베즈에게도 너무나 많은 것들이 없어져버렸다. 그녀의 가게도, 여주인으로서의 긍지도 그 밖의 감정도 그녀는 거기에 다 묻어버리고 온 것이었다. 그녀는 아주 심한 피로를 느꼈다. 그날 밤 나나가 쿠포 마나님의 침대에서 자겠다고 떼를 썼다. 엄마가 무섭게 을러대어도 이 말괄량이 계집애는 큰 침대를 좋아했다. 그녀는 죽은 할머니의 침대에 길게 누워서 뒹굴었다. 그녀는 폭신하고 감촉이 보드라운 보료 속에서 푹 잤다.

10 - 술과 몰락의 시작

쿠포 부부의 새 집은 7층 B 계단에 있었다. 비자르네를 지나 바로 건너편 지붕으로 올라가는 조그만 계단 밑 창고를 지나면 바주즈 영감의 집이고 그 방 옆이 이들의 거처였고 그쪽 끝 방에는 로리예 부부네가 살았다. 쿠포네의 집은 손바닥 만한 방 하나와 나나의 침대가 겨우 들어가는 곁방이 다였다. 이사 온 처음 얼마 동안 세탁부는 주저앉아 울고만 있었다. 그러나 이들 부부의 가장 큰 고통은 아름답게 단장한 비르지니의 가게를 보는 것이었다. 이들 부부는 본래 질투가 많은 편은 아니었으나 보슈 부부와 로리예 부부는 일부러 이들 앞에서 비르지니의 가게 이야기를 꺼내고 칭찬하는 바람에 너무나 마음이 아팠다. 비르지니는 망설이던 끝에 랑티에의 권유로 당과, 초콜릿, 커피, 홍차 등 식료품을 취급하는 가게를 열었다. 동네사람들은 랑티에가 제르베즈를 버리고 이번에는 비르지니가 동침한다고 생각했다. 그러나 더욱 가관이었던 것은 쿠포였다. 그는 이제는 오쟁이 진 남편이 자신이 아니라 순경나리라고 사람들에게 말하고 다녔다. 쿠포 부부와 푸아쏭 부부간의 다툼을 세 차례나 무마시킨 것은 바로 랑티에였다. 랑티에는 이들이 사이좋게 지내도록 감시하는 데 큰 기쁨을 느꼈다. 그는 뻔뻔스럽게도 아직도 쿠포 부부에게 기식하면서 벌써 푸아쏭 부부를 먹어가고 있었다.

나나가 첫 영성체를 받은 것은 그해 6월이었다. 나나는 13살이 되어가고 있었으나 이미 성장한 아스파라가스 모양 키가 크고 넉살좋은 꼴을 하고 있었다. 나나는 작년에 소행이 좋지 못하다고 하여 교리문답을 받지 못하였다. 이번에 사제가 허락한 것은 그녀가 다시 교회에 안 나온다면 영원히 믿음 없는 여자로 만들게 될 까봐 두려워하였기 때문이었다. 나나는 로리에 부부가 대부모로써 그날 입을 흰색 예복을 선물한다는 생각에 좋아 날뛰었다. 마침 푸아쏭 부부가 개점축하연을 열 참이라 쿠포 부부와 함께 그날 나나와 같이 딸 폴린이 첫 영성체를 받는 보슈부부를 초대했다. 첫 영성체식 날 신부처럼 수줍은 미소를 띠고 있는 나나의 멋있는 모습은 제법 볼만하였다. 그날 저녁 푸와쏭 부부의 개점 축하연은 성황을 이루었다. 두 아이들은 하얀 의복을 더럽히지 않으려고 굳어 있었다. 사람들은 한입 먹을 때마다 턱을 들고 깨끗이 먹으라고 고함을 쳤다. 나나는 짜증이 나서 마침내 술을 블라우스에 엎지르고 말았다.

모두들 아이들의 장래에 대해 진지하게 얘기를 나누었다. 폴린은 금은 세공장에 넣기로 하였다. 나나는 아직 결정된 것이 없었기 때문에 쿠포의 큰 누이인 르라 부인이 조화일을 배우라고 하였고, 로리예는 조화여공은 모두 매춘부들이라고 중얼거렸다. 그러나 나나가 찬성하자 바로 다음날부터 조화일을 배우기로 그 자리에서 결정되었다. 쿠포 부부는 이날 하루에 만족해하며 집으로 돌아갔다. 예전의 자신의 가게에 손님으로 초대받은 것을 그리 괴롭지 않게 느끼게 된 것을 다행이라고까지 생각했다. 그러나 이것이 이 집의 마지막 좋은 날이었다.

그 후 생활은 점점 더 괴로워져갔다. 특히 겨울은 거의 빈털털이었다. 추위에 오그라들어 게으름은 습관이 되었고 춥고 질척한 계절의 우울한 가난살이는 계속되었다. 집세는 물론이고 땔감도, 먹을 것도 없는 날이 많았다. 제르베즈는 남의 가게에서 세탁일을 하고 있었으나 점점 기술은 떨어지고 일도 깨끗하게 마무리하지 못했기 때문에 일당도 일거리도 줄어들고 있는 형편이었다. 나나는 조화일로 아직 한 푼도 벌어오지 못하였다. 오히려 옷치레로 꽤 많은 돈을 쓰고 있었다. 쿠포의 벌이는 모두 술로 날아가 버렸다. 이제 집안은 엉망이었다. 온종일 그들은 서로에게 악담을 퍼부었고 미움으로 눈에 불을 키고 서로에게 달려들었다.

그러나 제르베즈는 자신의 지독한 가난에도 불구하고 가난에 굶주린 주변 사람들 때문에 더 한층 괴로운 기분이었다. 아파트 안에서도 이 7층은 가장 지독한 가난뱅이 소굴이었다. 제르베즈가 가장 불쌍하게 생각한 것은 계단 밑 창고에 살고 있는 브뤼 영감이었다. 영감은 마르모트처럼 그곳에 틀어박혀 될 수 있는 대로 춥지 않으려고 동그마니 몸을 움추리고 있었다. 며칠이나 지푸라기 더미 위에서 꼼짝 않고 누워있었다. 배가 고파도 외출을 하지 않았다. 그가 며칠씩 외출을 하지 않으면 사람들은 그가 죽은 것은 아닌지 가서 살펴보았다. 제르베즈는 빵이 생기면 영감에게도 조금씩 갖다 주었다.

어린 랄리 비자르를 보는 것도 그녀의 마음을 아프게 했고 자신의 삶을 반성하곤 했다. 그 어린 아이는 어머니가 술주정뱅이 아버지에게 맞아 죽은 이후 아버지에게 늘 가혹하게 맞고 지내면서도 모든 것을 감내하며 희생적으로 살고 있었다. 가끔 낮에 그 아이의 집에 가보면 어린 랄리가 철 침대에 매여 있기도 하였다. 조그만 어린 발은 부어올라서 죽은 것 같았다. 그녀가 풀어줄려고 해도 랄리는 아버지가 돌아와 끈

맨 모양이 같지 않으면 골을 낼 테니 그대로 놔두라고 애원하
였다. 그러나 그녀의 또 다른 이웃 장의사 인부 바주즈 영감
은 자신의 죽음을 떠올리게 하면서 그녀를 두렵게 했다. 한
번은 1월 어느 날 돈 한 푼 없이 모든 사람들의 학대와 굶주
림 속에서 일주일을 보내자 신열 속에서 정신이 혼미한 가운
데 창밖으로 몸을 내던질까 하다가 칸막이 문을 두들기며 가
난뱅이도 부자도 그리고 다른 여자들도 편안하게 데려간 그
곳으로 자신도 데려가 달라고 바주즈 영감을 부른 적도 있었
다. 그렇지만 죽는다는 것에 공포를 느꼈다.

쿠포의 증세는 날로 심각해져갔다. 이제는 술을 마시니 낯
빛이 좋아졌다는 것은 옛말이 되었다. 뼈와 가죽만 남아 늪
에서 썩어가는 수중시체와 같은 푸르죽죽한 납빛을 띠어갔
다. 식욕도 줄고 빵조차 먹지 못했다. 몸을 지탱하기 위해서
는 하루 반 리터의 브랜디가 필요했다. 쿠포가 환각 속에서
광기를 보이자 병원으로 실려 갔다. 병원에서 퇴원한 쿠포는
다시 술을 마시기 시작했다. 허기진 속을 달래며 쿠포가 품
삯을 받아오기를 기다리던 제르베즈는 그를 술집에서 찾아
내자 그리로 들어갔다. 쿠포를 데리고 나갈 수 없자 제르베
즈는 의자를 집어 탁자에 좀 떨어져 앉았다.

그녀는 남자들이 술을 마시고 있는 것을 바라보았다. 쿠포
의 친구들이 그녀에게 아니스트 한 잔을 가져다주었다. 너무

달아 쓴 것으로 입가심을 하고 싶었다. 그녀는 콜롱브 영감의 소주를 마셨다. 첫잔에 턱이 얼얼하였다. 두 번째 잔에 고통스러웠던 허기도 못 느끼게 되었다. 제르베즈는 제법 마셨고 취했다. 그녀의 뒤편에서는 증류기가 지하수처럼 조용히 소리를 내면서 끊임없이 작동되고 있었다. 이제는 이 기계를 중지시키는 일도 체념한 채 절망적인 분노만을 느꼈다. 모든 것이 뿌옇게 되었다. 기계가 사람의 몸처럼 움직이는 것 같았고 자신은 그 구리쇠 손에 붙잡힌 채 술이 몸속을 시내처럼 흐르고 있는 듯한 느낌이 들었다.

11 - 파리와 나나

싱싱한 얼굴, 복숭아처럼 보드라운 피부, 장미 빛 입술의 나나는 자랄수록 남자들의 마음을 설레게 했다. 풍요한 금발 머리와, 어깨의 곡선은 아직 열다섯 살이었지만 성숙한 여인의 냄새를 풍겼다. 집안에 빵조차 없을 때에 몸치장을 하는 것은 기적을 요했다. 가게에서 리본을 가지고 와서 때 묻은 옷에 리본 매듭이랑, 술을 잔뜩 달아 몸치장을 하였다. 그녀는 아름다운 금발을 넘실거리며 구트 도르를 휘젓고 다녔다.

어느 날 작업장 맞은 편 도로에서 50대 가량의 깔끔하게 차려입은 남자가 작업장을 쳐다보고 있었다. 그는 나나를 오래전부터 따라다녔다. 그 남자가 나나에게 대담한 일을 제안한 것을 쿠포 부부가 알게 되면서부터 집안에는 어마어마한 소동이 일어났다. 그 후로 나나는 아버지의 감시와 조롱의 대상이 되었다. 나나는 저지르지도 않은 난봉 때문에 매를 맞아가며 아버지의 천박한 외설스런 비난으로 고통을 당하며 몰이를 당한 짐승처럼 컴컴한 분노를 감추고 있었다.

아파트 사람들은 모두 그 신사의 이야기를 알고 있었다. 그 사람은 아주 예절 바르고 좀 소심하기는 했지만 끈질기게 10보쯤 떨어져 충실한 개처럼 따라다녔다. 처음에는 거의 벗어진 머리에 얼마 남지 않은 고수머리 몇 개가 목에 찰싹 붙어있는 것을 보고 나나는 그가 우스워보였지만 늘 보다보니 그렇지도 않았고 오히려 무서워졌다. 간혹 그녀가 보석상 앞에 서있을 때면 갑자기 뒤에서 그가 별의별 소리를 다하였다.

나나는 목에 거는 십자가 모양의 빌로드 장식이랑, 핏빛처럼 진한 산호 귀고리가 탐이 났다. 진열장의 불빛에 눈이 부실 떠면 심한 공복감에 사로잡힌 사람처럼 짜릿한 욕망을 느꼈다. 좋은 옷차림도 해보고 싶고 레스토랑에서 식사도 해보고 싶었고, 연극 구경도 가고 싶었고 훌륭한 가구가 달린 자기 방에서 살아보고도 싶었다.

겨울이 오자 쿠포네의 살림은 더 옹색해졌다. 나나는 밤마다 두들겨 맞았다. 아버지가 때리다 지치면 어머니가 대신해서 행실을 고친다고 마구 따귀를 때렸다. 온통 집안이 법석을 치른 다음 배가 고파도 집안에는 먹을 것이 아무 것도 없었다. 게다가 추워 죽을 지경이었다. 나나는 목로주점을 지나칠 때 취한 남자들이 떠들어대는 속에 멀거니 취해 앉아있는 어머니를 보고 심한 분노에 사로잡히곤 했다. 어느 날 집에 들어온 그녀는 침대에 쓰러져 모로 누워있는 쿠포와 의자에 널브러져 우두커니 불안한 눈으로 허공을 쳐다보고 있는 제르베즈를 보았다. 그녀는 나가서 다시 돌아오지 않았다.

이제 제르베즈에게 일을 주려는 사람들도 없었다. 제르베즈는 비르지니의 가게 청소부로 일하게 되었다. 박하사탕을 입에 가득 넣은 랑티에와 마치 공작부인처럼 버티고 앉은 비르지니가 추운 날 제대로 입지도 못하고 온통 물에 젖은 채 바닥에 엎드려 물청소를 하고 있는 그녀를 보면서 간간이 일을 지시하고 있었다. 랑티에는 나나가 어떤 영감의 팔을 끼고 걸어가는 모습을 보았다고 제르베즈에게 전했다. 쿠포는 또 다시 정신병원에 입원했다. 그는 지난 3년 동안 병원을 들락거렸다. 좀 나으면 퇴원했고 다시 술을 마시고 몸을 망가뜨리고 입원하는 식이었다.

12 - 끝없는 추락

　일이 없어진 제르베즈는 3일 째 아무 것도 먹지 못하고 배고픔에 허덕였다. 방에 남아있는 것이라곤 아무 것도 없었다. 언제부터인가 돈이 될 만한 것들은 모두 전당포로, 고물장수에게로 넘어갔기 때문이었다. 배가 심하게 고픈 날은 청소부가 지나가기 전에 개와 함께 온갖 가게들의 쓰레기통을 기웃거릴 정도로 몰락하였다. 부자들은 그런 그녀를 보며 몸서리치겠지만 사흘만 굶고 보면 과연 텅 빈 배를 끌어안고 태연할 수 있겠는가. 그들 역시 틀림없이 엉금엉금 기어 더러운 것들을 뒤지고 다니리라. 이런 생각을 하며 겨울의 뿌연 하늘을 바라보다가 잠이 들었다. 그러나 머리가 뻐개지는 것 같아 잠이 깨었다. 지독한 추위가 몸에 스며들었던 것이었다.

그녀는 방을 나오다가 계단 밑의 브뤼 영감의 보금자리를 들여다보았다. 여기에도 한 사람 대단히 배를 주리고 있을 인간이 있었다. 그러나 영감은 거기에 없었다. 그리고 비자르네 방 앞에 오자 신음소리가 들렸기 때문에 안으로 들어갔다. 방은 대단히 청결한 느낌이었다. 랄리가 오늘 아침에도 청소를 하고 깨끗이 정돈해 놓은 것이 한눈에 보였다. 그날은 앙리에트와 쥘 두 아이들이 낡은 그림들을 조용히 자르며 놀고 있었다.

제르베즈는 랄리가 침대 위에 누워서 턱까지 이불을 들쓰고 창백한 얼굴을 하고 있는 것을 보고는 아주 놀랐다. 아이의 얼굴에는 납빛 반점이 나타나고 있었고 심한 괴로움의 흔적이 역력히 보였다. 제르베즈는 자신의 고통을 잊고서 소녀 곁에 무릎을 꿇었다. 그녀는 한 달 전부터 이 소녀가 허리를 심하게 굽힌 채 몸을 벽에 의지하듯 간신히 걷고 있는 것을 보았다. 아이는 아무래도 오래가지 못할 것 같이 기침을 하고 있었다. 그 때 비자르 영감이 나타났다. 그는 채찍을 들고서 휘둘렀다. 제르베즈가 채찍을 뺏었다. 비자르가 보기에도 딸의 얼굴 모양이 달라보였다. 방안을 지나간 죽음의 숨결이 그의 취기를 깨웠다.

마지막 숨을 거둘때까지 동생들과 아버지를 걱정하는 가련한 어린 계집애는 모든 사람의 조그만 엄마였다. 제르베즈는 치솟는 흐느낌을 꾹 참고 있었다. 누더기 시트가 미끄러졌기 때문에 다시 덮어주려고 하다가 죽어가는 소녀의 말라빠진 몸뚱이를 보았다. 랄리는 블라우스 조각을 속옷대신 양어깨에 걸치고 있었을 뿐이었다. 발가숭이 그것도 순교자와 같은 피투성이의 발가숭이였다. 가죽만 남아 뼈가 밖으로 튀어나올 지경이었다. 옆구리에는 보랏빛 가느다란 얼룩이 넓적다리까지 나타났다. 채찍질 당한 생생한 흔적이었다. 오른발에는 걸을 때마다 아물지 못하고 벌어진 상처가 있었다. 그녀의 온몸은 멍 투성이였다. 시트를 걸쳐주는 것도 잊은 채 제르베즈는 떨리는 입술로 기도를 찾고 있었다. 제르베즈는 그곳을 나와 너무나 괴로워 마차 바퀴 속으로 뛰어들어 죽고 싶었다.

그녀는 주린 배를 움켜쥐고 천천히 걸었다. 문득 고개를 들어보니 봉쾨르 여관 앞이었다. 지난 일들이 주마등처럼 그녀의 머리에 스쳐갔다. 20년 만에 한길에서 쓰러지게 되었다. 다시 그녀는 걷기 시작했다. 어느 덧 예전의 도살장에 와 있었다. 지금은 허물고 있는 중이었지만 큰 구멍이 뚫려있는 건물의 정면은 악취를 풍기며 아직까지 피에 젖어있는 음산한 앞마당이 보였다. 그리고 다시 또 한길을 내려가니 모두에게 공포의 대상인 높다란 회색 담벽으로 둘러싸인 병원이 보였다. 그녀는 그곳을 급히 떠났다. 밤이 깊어가고 있었다.

거리에는 수상한 옷차림의 여성들이 눈에 띄었다. 제르베즈는 부끄러움도 없이 그녀들처럼 허기진 배를 부여잡고 연방 도망치는 저녁밥을 끈덕지게 뒤쫓으며 이 괴로운 남자 사냥에 열중하였다. 그녀를 힐끗 쳐다본 남자들은 발걸음을 재촉하며 가버렸다. 돌풍이 불어오기 시작했고 남자들은 달음질치며 갈 길을 서둘렀다. 그러자 한 남자가 나무 밑을 천천히 걸어오고 있었기 때문에 다시 말을 붙였다. 그 남자가 멈추어 섰다. 그러나 이쪽의 목소리를 들은 것 같지 않았다. 그는 손을 내밀고 낮은 소리로 중얼거리듯 말하였다. 두 사람은 마주 보았고 넋을 잃었다. 브뤼 영감은 구걸을 하고 있었고 하필이면 처음으로 불러 세운 것이 자기와 마찬가지로 굶어죽을 것 같은 여자였다. 두 사람은 언제까지나 서로 물끄러미 바라보았다. 그리곤 한 마디 말도 없이 살을 에는 듯한 눈보라 속으로 각자의 방향을 향해 헤어졌다.

제르베즈는 다시 길을 걸었고 더 심해진 눈보라 때문에 아무것도 보이지 않았다. 앞에 널따란 어깨만이 겨우 보였다. 그녀는 힘껏 달려가서 그 남자의 작업복을 잡았다. 그는 구제였다. 그는 그녀를 물끄러미 바라보았다. 그녀가 도망가려 하자 그녀를 불러 세워 그의 집으로 데려갔다. 구제의 어머니는 죽었고 구제는 혼자 쓸쓸하게 살고 있었다. 제르베즈는 이렇게 정숙한 장소에 발을 들여놓을 용기가 나지 않아 램프

불을 피하여 가만히 몸을 웅크리고 있었다. 대장장이의 난로에는 스튜 냄비가 올려져 끓고 있었다. 방안의 따뜻한 온기에 얼었던 그녀의 몸이 풀리면서 감각이 돌아오자 이번엔 그 작은 냄비의 냄새에 위장이 터질 것만 같았다. 구제가 알아차리고 식탁에 스튜를 올려놓고 빵을 자르고 술을 따라주었다. 포크를 잡았으나 허기에 온몸이 너무 떨려 떨어뜨려 버렸다. 손으로 움켜쥐고 먹어야 했다. 처음의 감자를 입에 구겨 넣자 그녀는 울음을 터뜨리고 말았다. 커다란 눈물이 볼을 따라 빵 위로 흘러내렸다. 그러나 상관치 않고 먹어댔다. 숨을 가쁘게 쉬며 턱을 떨면서 눈물 젖은 빵을 마구 먹었다.

구제는 제르베즈를 물끄러미 쳐다보고 있었다. 그녀는 굉장히 늙고 추해졌다. 몸집은 보기 싫게 뚱뚱해졌으며 회색머리는 헝클어져 있었다. 다 먹고 난 제르베즈는 그가 무엇을 원하는지 몰라 블라우스의 첫 단추를 끌렀다. 구제는 그녀에게 무릎을 꿇고서 그녀를 여전히 사랑한다고 사랑은 일생에 두 번 가질 수 없다고 절규하면서 그녀의 이마와 머리에 입맞추었다. 그는 깊은 경의를 다하여 그녀에게 키스를 하자 뒷걸음질쳐 침대에 모로 쓰러져 목통이 터져라 큰 소리로 울었다. 제르베즈는 더 이상 견딜 수 없었다. 그녀는 달음질쳐 한길로 나왔다.

집에 돌아온 그녀는 대장장이와의 이별에 너무나 큰 고통

을 느끼고 있었다. 지나는 길에 비자르네를 들여다보니 랄리
는 죽어있었다. 바주즈 영감의 방에서 한줄기 불빛이 새어나
오고 있었다. 제르베즈는 절망 속에서 죽음만이 마지막 희망
임을 느꼈다. 그녀는 랄리와 함께 죽음의 길을 가고 싶은 생
각에 그의 방으로 들어가 자기를 데려가 달라고 애원하였다.

13 - 죽음

쿠포는 일주일 째 돌아오지 않고 있었다. 경찰에서 그가 생-앙투안 병원에서 죽어가고 있다는 통지가 날아왔다. 병원에서 쿠포는 미친 듯이 발광을 하며 고함을 지르고 있었다. 누더기 작업복을 입고 손발을 공중에서 허우적거리고 있는 모습은 어릿광대 같았다. 어릿광대의 무서운 발광 춤을 보고 있으니 소름이 끼쳤다. 그는 상대도 없이 혼자서 춤추고 있었다. 사육제처럼 막도 내리지 않고 계속 지껄이면서 커다랗게 입을 벌리고 몇 시간씩 쉰 목소리로 트롬본 소리를 내고 있었다. 그러다가 잡힌 짐승처럼 비명을 질렀다. 쿠포는 창에서 침대로 땀투성이가 되어 허덕거리며 지랄 춤을 계속하고 있었다. 제르베즈는 너무나 무서워 그곳을 도망쳐 나왔다.

다음 날 쿠포의 증세는 더 심했다. 꼭 줄 인형처럼 동체는 나무처럼 뻣뻣해가지고 손과 발만이 팔딱팔딱 뛰고 있었다. 그는 병실 안을 이리저리 날뛰며 마구 손으로 때리고 있었다. 마치 한 무리의 악당들과 혈전을 벌이고 있는 듯하였다. 어떤 때는 입으로 풀무질을 했다. 죽기 임박하여 자신의 일을 생각해낸 것이리라. 그는 횡설수설하면서 모자장이에게 욕을 해대며 주먹을 휘둘렀다. 사방에 몸을 부딪치던 쿠포의 숨결이 가빠지고 눈알이 튀어나왔다. 땀에 흠뻑 젖은 채 머리칼은 이마에 곤두서고 공포로 일그러진 얼굴이었다. 그리고 비통한 소리를 두 번 질렀는가 싶더니 침대에 걸려 그 위로 나자빠졌다. 그는 죽었다. 그러나 침대에서 뻗쳐 나온 더러운 발은 마치 자동장치처럼 여전히 제멋대로 춤추고 있었다. 발톱도 길게 자라있었다. 몇 시간 후 그 발도 더 이상 움직이지 않았다.

남편의 죽음 이후 제르베즈도 머리가 이상해졌다. 손발을 떨면서 소리를 지르는 그녀는 아파트 사람들의 재미난 구경거리였다. 집주인은 그녀를 내쫓으려고 했지만 마침 브뤼 영감이 죽었던 터라 그 방으로 제르베즈를 보내버렸다. 어느 날 아침 복도에서 썩은 냄새가 나서 사람들은 이틀 전부터 그녀를 보지 못했음을 생각해내었다. 그 개집에서 이미 몸이 푸르게 변해 버린 그녀가 발견되었다. 바주즈 영감이 그녀를 관에 넣기 위해 싸구려 관을 끼고 왔다. 그가 검은 커다란 손

으로 제르베즈를 잡자 문득 애정을 느끼며 그다지도 오랫동
안 자기를 그리워하던 여자를 다정스레 안아 일으켰다. 그리
곤 자식을 보듬듯이 조심스럽게 관 바닥에 그녀를 누이며 웅
얼거렸다. "부인들을 위로하는 쾌활한 비비라네, 가자구, 당
신은 이제 행복한거야, 잘 자라구, 미인 아씨!"

2 장 —— 해석

소설의 구조

　『목로주점』을 새로 읽는 즐거움은 그 안의 규칙들을 찾아
내는 즐거움일 것이다. 소설이라는 형태를 취했지만 고전비
극만큼이나 철저하게 형태미와 균형미를 추구한 소설이다.
모든 인물은 서로 맞물려 전체를 형성하며 피할 수 없는 운명
을 예고한다. 예를 들어 장의사 인부 바주즈 영감은 어떤 역
할도 없는 인물이지만 그의 등장만으로도 제르베즈의 몰락
과 죽음이 예고된다. 세 사람의 중요인물들인 제르베즈, 쿠
포, 랑티에는 이야기 전개에서 분리될 수 없는 인물들이다.
이야기의 사실임직함에 전혀 손상을 주지 않고도 랑티에가
등장해서 제르베즈와 쿠포의 몰락을 재촉케하는 졸라의 이
야기 기법은 놀랍다. 제르베즈의 동네사람들은 고전 비극의

합창대처럼 주인공의 운명을 예고한다. 이처럼 인물들의 심리와 이야기가 상호 밀접하게, 마치 화학의 분자구조처럼 서로 얽혀있다. 이런 점은 일화들을 이어 붙인 이전의 전통적 소설들의 방식들과는 아주 다른 차원에서 『목로주점』이 쓰였음을 보여준다.

유전과 환경의 구조 하에서 본 한 여성 노동자의 삶

제르베즈라는 여성 노동자는 루공―마카르가의 후손이다. 그녀는 유전과 환경이 개인에게 미치는 영향과 그 결과를 보여주는 예로서 그려진다. 이 두 가지 법칙은 그녀의 운명을 만들어낸다. 1장에서 4장까지 그녀는 성실한 노동에 힘입어 조금씩 개선되는 상황을 보여준다. 그러나 유전과 환경은 새로운 원죄가 되어, 낙원 같은 행복은 벌써 그 끝을 보인다. 4장에서는 이들 부부의 전락이 시작되는 두 가지의 추락을 말하고 있다. 제르베즈는 바닥으로 쓰러지면서 신발 털개 위에다 아이를 낳고 그녀의 남편은 지붕에서 굴러 떨어진다. 야훼는 이브에게 '너는 고통 속에서 아이를 낳을 것이고 아담에게는 너는 네 손수 일을 하여 먹게 될 것이다' 라고 했는데 이 두 사람의 원죄는 바로 유전과 환경이다. 나나가 아버지인 쿠포를 닮기보다 어머니의 예전 동거인인 랑티에를 닮은 것은 현재를 결정짓는 과거의 힘을 의미한다. 이 소설은 원죄에서 벗어나지 못하는 인류처럼 유전과 환경의 법칙에서 벗어나지 못하는 인간을 보여주고 있다. 제르베즈나 쿠포는 자신의 부모들처럼 알코올에서 벗어나지 못한다. 더러운 세탁물에서 올라오는 악취, 제르베즈의 푸른 세탁소에 튀어오른 흙탕물, 동네 소문 등은 그녀를 집요하게 끌어내리는 환경을 상징한다. 제르베즈는 자신의 꿈을 이룬 것 같은 기쁨을 맛보나(5장에서 7장까지) 전락의 그림자가 도처에 나타나고 몰락은 점차 가속화되어 간다(8장에서 13장까지).

완벽한 구성

졸라는 소설 전체를 건축물의 탄탄한 구성 속에서 만들어낸다. 총 13장 중에서 앞의 6장은 제르베즈의 상승 국면을, 다음 1장은 제르베즈의 절정을, 마지막 6장은 제르베즈의 전락을 보여준다. 홀수는 완벽한 대칭 구조를 이루게 한다. 공간 면에서도 이런 3분법이 보인다. 세탁소는 제르베즈의 가장 중요한 공간이며 안식처이다. 앞의 4장이 가게를 얻기 전의 삶이라면 다음 5장은 작업장에서의 생활, 마지막 4장은 가게를 포기하는 것에 해당된다. 이런 대칭과 반복의 구조는 다른 공간에서도 나타난다. 1장에서는 파리, 노동자들의 공동거주지 아파트와 이들의 작업실이 묘사되고 있는데, 이들 공간들이 반복되어 나타나면서 소설의 구조가 단단하게 자리잡게 하는 중요한 요소가 된다.

강한 구조화는 인물들의 관계에서도 나타난다. 우선 제르베즈는 세 남자 (쿠포, 랑티에, 구제)와 세 아이 (클로드, 에티엔, 나나)를 가지고 있다. 부차적 인물 중에서 3명의 B로 시작되는 인물들 (브뤼, 바주즈, 랄리 비자르)은 제르베즈의 운명의 액자구조에 해당된다. 이들은 세 가지 에피소드에 나타난다. 비자르는 6, 7, 12 장에서, 브뤼 영감은 7, 10, 12 장에서 나타난다. 파티도 세 번 나타난다 (결혼식 파티, 축일 기념 파티, 첫 영성체 파티). 제르베즈의 몰락을 부추기는 부부도 세 쌍이다 (로리예 부부, 보슈 부부, 푸아쏭 부부). 이런 삼분법의 상응성은 졸라가 건축물같이 탄탄한 구조를 이루는 균형의 개념을 매우 중요시했음을 보여준다.

졸라와 툴루즈 박사와의 상담은 매우 유명한 일화인데 이 상담을 통해 졸라는 자신이 숫자에 집착하는 성향과 몇몇 숫자들에 대한 미신적 성향 특히 3과 7에 대한 취향을 발견하게 된다. 게다가 3, 5, 7과 같은 홀수들은 대칭 구조에 필수적이다. 당연히 『목로주점』에서도 이런 숫자의 개념을 분명히 볼 수 있다. 사실 3과 7은 정신적인 숫자이다. 예를 들어 3은 성부, 성자, 성령의 세계처럼, 창조된 세계를 표현하는 방식이며 존재의 숫자이다. 2는 다른 두 성이 만들어내는 생성의 숫자로 3은 생성의 결과를 포함한다. 3에다 2의 배수인 4를 더하면 7이 된다. 7은 하늘을 의미하는 방식이며 신이 있는 곳으로 통합된 전체를 의미한다. 제르베즈가 7장에서 절정을 이루고 그 다음부터 몰락으로 내려가는 것은 땅(생명)에서 하늘로 그리고 다시 지하(죽음)로 내려가는 구조를 보여주고 있다고 할 수 있다.

숫자에 대한 이런 성향은 유난히 숫자에 대해 고정된 관념이나 두려움을 보이는 졸라의 인물들에서도 반영되어 나타난다. 제르베즈가 초대 손님들이 13명이라는 사실에 기겁하는 장면에서도 이런 점은 드러난다. 졸라의 숫자에 대한 집착은 이상향을 건설하고자 하는 『노동』에서 더 분명히 보여진다. 이상향에 대한 욕망과 숫자를 통한 완벽한 구조화는 서구인들의 숫자에 얽힌 개념들 (12사도, 40년의 방랑, 사막에서의 40일 등)과의 연관성을 보여준다. 이런 숫자들은 사실을 있는 그대로 모두 보여주고자 한 자연주의의 투명성 원칙에도 불구하고 숫자로 인한 신비주의의 그림자를 소설에서 떨쳐버릴 수 없게 하고 있다.

병행되는 장면의 구조 : 과거의 기억

이 소설에서는 과거의 회귀와 과거와 현재의 병행장면이 많이 나타난다. 5장에서 제르베즈는 과거에 자신이 소망했던 소박한 꿈을 드디어 이루었다고 생각한다. 7장에서 그녀의 행복한 삶은 세탁소에서 동네잔치를 벌이면서 절정에 달한다. 그러나 이런 도약에도 불구하고 7장은 랑티에라는 그녀의 과거가 돌아오면서부터 그녀의 몰락의 징조가 보이기 시작하는 장이기도 하다. 이런 맞물림은 6장 중간에서부터 나타난다. 비르지니가 돌아오면서 1장의 공동 세탁장의 결투사건이 더오르게 되고 비르지니 자체도 제르베즈에게 랑티에 소식을 틈만 나면 전하면서 그녀를 과거로 회귀하게 만든다.

비르지니가 나나의 첫 영성체 날 바로 제르베즈의 가게에서 사람들을 초대하는 것은 제르베즈가 동네친구들에게 베푼 만찬을 생각나게 한다. 술이 취해 올라오는 제르베즈를 본 랄리는 그녀에게서 술꾼들의 눈동자와 똑같은 흐릿한 눈동자를 재발견한다. 비르지니는 자신의 가게를 엎드려 닦고 있는 제르베즈를 바라보면서 공동 세탁장에서 그녀에게 당했던 수모를 떠올린다. 구제는 거리에서 제르베즈를 자신의 집으로 데려오고 자신의 순정적인 사랑을 떠올리고 통곡한다. 제르베즈의 청결과 노동의 삶에 대한 욕망의 기억도 여러 번 나타난다. 제르베즈의 몰락은 바로 그녀 자신이 과거에 대한 기억과 연결될수록 그 만큼 더욱 비극적이 된다. 쿠포가 마침내 정신 병원에 입원했을 때, 그녀는 쿠포가 지붕에서 떨어졌을 때 자신이 취한 행동을 떠올린다. 그를 병원에 입원시키는 대신 더 많은 돈을 들여서라도 집에서 치료받게 했었던 그 때의 그녀와는 너무나 달라진 그녀의 모습이 대조된다. 그녀가 콜롱브 영감의 주점으로 와서 쿠포의 술친구들과 함께 술을 마시던 날 그녀는 처음 그곳에 와서 쿠포와 함께 술에 절인 자두를 먹던 날을 떠올린다.

과거와 현재의 병행이 가장 비극적으로 나타나는 곳은 제르베즈의 환각을 통해 다시 보여지는 그녀의 과거이다 (12장). 여기에서 모티프의 반복으로 같은 이야기임을 청중들로 하여금 느끼게 만드는 바그너의 오페라처럼 졸라는 제르베즈의 환각을 통해 이야기의 중요한 순간을 떠올리게 하면서 독자들의 기억을 되살려낸다. 1장에서 가축 떼처럼 무리지어 일하러 가는 노동자들은 이번에는 집으로 돌아가고 있다. 그녀는 거리를 헤매다가 봉쾨르 여관 앞에 오게 되며 자신의 지난 20년 삶을 생각한다. 이처럼 어떤 문장이나 인물들의 반복적인 등장, 기억으로 인한 과거와 현재의 병행으로 제르베즈는 어찌할 수 없는 환경이라는 톱니바퀴에 갇힌 연약한 희생자의 모습으로 나타나며, 독자들은 그녀에게 한층 더 동정심을 느끼게 된다.

인물의 체계

선과 악에 따른 유형

　『목로주점』의 인물들은 크게 '좋은 vs 나쁜' 그룹으로 나뉘어진다. 제르베즈를 도와주는 선한 인물들과 독자들에게 두려움을 주는 나쁜 인물들로 나뉘어진다. 랑티에는 항상 나쁜 쪽, 적대적 인물로 나타나는 반면, 쿠포는 선한 인물이었지만 알코올을 마시면서부터 악한 인물로 나아간다. 반면 구제는 선한 인물로 그려진다. 제르베즈의 적대자인 비르지니 역시 제르베즈와 선악의 구도에서 나타난다.

직업과 환경으로 인한 유형

　그럼에도 졸라의 인물들은 대부분 환경으로 인한 유형들

을 보여준다. 더 정확히 말하자면 인물들은 유전의 결과이며 환경이 이들에게 영향을 주는 사회적 육체적 행동의 결과물이다. 브뤼 영감은 나이든 노동자 유형, 보슈 부부는 수위 유형이다. 작가의 눈에도 너무 목가적으로 비치는 구제와 어린 랄리만 제외하고 인물들은 자신들의 유형들을 잘 나타내고 있다. 이들은 주로 결혼식 하객들, 사회, 거리, 동네처럼 익명의 집단으로 나타나면서 어떤 행동을 야기하고 설명한다.

이들의 이름 자체도 직업과 연관이 있다. 로리예는 금(=불어로 로르)을 다루는 그들의 직업을 반영하고 있다. '혈기왕성한'의 의미를 가진 비구뢰 부인이라는 이름은 그녀의 육체적 특징과 관련된다. 쿠포 데쿠프 르 쟁그(쿠포는 함석을 자르고 있다)에서 쿠포(Coupeau)의 Coupe는 자르다découpe에서, C는 함석zinc에서 반복되어 나타난다. 이런 점을 볼 때 인물들의 명칭에서 이미 이들의 역할이 결정되어지고 분류되어 졌음을 알 수 있다. 즉 인물의 심리보다 드라마의 진행을 위한 이들의 행동이 우선시 되었고, 인물의 심리는 이 행동에 따른 것이다. 그렇다고 졸라의 유형적 인물들이 개인적 깊이나 심리적 깊이가 없다는 비평은 재고되어야한다.

쿠포는 유쾌한 파리 노동자의 유형으로 시작되지만 곧 흥미를 끄는 깊이를 보인다. 특히 추락 사건 이후 아무 일도 하지 못해 권태로워하다가 점차 게으름을 즐기게 되고 그 안에 잠재된 괴물성이 드러나면서 그의 성격은 놀라울 정도로 발전되어 나간다. 그가 알코올에 접하는 과정에서 광기로까지 접어드는 과정은 의학적 관심에 의한 분석뿐만 아니라 인간에 대한 치밀한 분석을 보여준다.

동물적 유형

인물들은 동물과 유사한 이름을 가지거나 동물같은 모습으로 묘사되거나 행동을 보인다. 졸라는 1874년에 번역된 다윈의 인간과 동물들의 감정 표현을 분명히 읽었다고 보여지며, 18세기말부터 아주 유명한 책인 라바타르의 인상학(얼굴의 특징을 분석하면서 성격을 알아내는 방법)에서 영감을 얻었다고 할 수 있다.

르라는 쥐, 푸와쏭은 물고기, 퓌투아는 족제비, 콜롱브는 비둘기라는 의미이다. 쿠포는 "즐거운 개"를 닮았고, "원숭이처럼 민첩하고 뻔뻔한" 모습이다. 비르지니와 랑티에는 고양이 같다. 오귀스틴은 암 칠면조 같고 비구뢰 부인은 동물처럼 웃으며, 보슈부인은 초식 동물로, 보슈는 아예 짐승같은 보슈로 표현된다. 로리에 부부는 거의 인간 야수 수준으로 그려지고 있다. '자신만의 굴'을 소박하게 바랐지만 결국 더럽고 먼지 나는 동물우리에서 살게 된 제르베즈는 점차 동물화되어간다. 이들의 삶에서 보이는 것은 노동자들의 덕성이라고 할 수 있는 공동체 의식이나 연대성과 같은 문화적 가치를 지닌 삶이 아니라 동물들 같은 삶, 문화적 소외권의 삶일 뿐이다. 쾌락을 찾아 즐기는 이들의 집은 가장 향략적이라고 할 수 있는 고양이 떼들의 거주지로 변한다. 쿠포와 랑티에, 제르베즈, 나나 모두 고양이의 모습을 보여준다. 쿠포와 랑티에는 고양이들처럼 하루 종일 서로 부벼대고 빈둥대고 제르베즈는 하얀 속옷들에 둥글게 파묻혀 자고 있는 암고양이를 닮았고 나나 역시 고양이의 모습을 띠고 있다. 이런 고양이의 모습은 처음부터 쿠포와 제르베즈의 운명을 암시하고 있다. 쿠포가 지붕에서 떨어질 때 발이 얽혀 떨어지고 있는 고양이의 모습을 보이는 것, 결혼식 만찬 날 토끼 고기찜 앞에서 그가 고양이 소리를 낸다는 것은 오쟁이 진 남편들의 창밑에서 고양이 울음소리를 내어 남편의 의무를 일깨우는 서민적 풍습이 있듯이, 불륜의 아내를 가지게 될 남편의 운명을 예고한다.

르투르노의 감정의 생리학을 읽은 졸라는 아이들이나 원시인처럼 덜 진화된 존재들은 쉽게 세상의 영향을 받아들이며, 문명화된 성인만이 의지를 실현시킬줄 알고 이성을 완전히 발달시킨다고 본다. 졸라는 서민에 대한 진지한 애정에도 불구하고 서민들이 진화의 이전 단계를 드러낸다고 보고 있다. 이들의 외양이 동물의 모습으로 많이 비유되는 것은 이

들이 환경에 저항하려는 의지를 발달시킬 만한 충분한 지적
능력을 가지고 있지 않으며 결국 환경만이 이들의 운명을 결
정지을 것이라는 점을 암시하고 있다.

동물적인 은유는 가난한 계층의 인물들을 풍자하는 도구
로 사용되면서 생명력의 낭비나 결핍의 결과를 보여주기 위
해 사용된다. 동물성은 이런 결핍과 과잉의 양면성을 다 드
러내게 한다. 사회가 궤도를 이탈하는 것은 바로 이런 결핍
과 과잉 때문이라고 본다. 이런 동물적 은유는 졸라의 『인간
야수』에서 인간의 동물적 폭력성으로 발전되어 나타나기도
한다. 그럼에도 인물들에게 동물성을 부여하는 것은 인간과
자연의 통합을 보여주면서 인간이 의식적이든 아니든 자연
이 내포하고 있는 생명력에 따른다는 생명력에 대한 서정적
인 찬미를 동반한다.

멜로드라마적 인물 체계

『목로주점』의 인물체계에서는 대중소설이나 신문 연재소
설의 기법들 (선과 악의 이분법적 대립구조, 갇힌 인간의 운명, 인
간 본능의 잔혹성)을 볼 수 있다. 제르베즈는 그녀를 몰락하게
하는 악의 상징인 랑티에와 천사 같은 구세주 구제 사이에서
갈등하며 선과 악의 이분법적 대립의 중심에 서있다. 대중적
인기를 끄는 이야기들처럼 여주인공은 악이 승리하는 가운

데 서서히 몰락의 길로 떨어진다. 어린이 순교자 랄리의 이야기는 제르베즈의 이야기의 액자구조에 속한다. 순수함과 덕성을 지닌 인물 랄리가 선을 대표한다면 알코올 중독 상태에서 그녀를 때리는 아버지는 악의 모습이다. 이런 선과 악의 대립구조 속에서 죽어가는 랄리, 그러나 아버지를 용서하면서 악에 대한 선의 승리를 보여주는 이 이야기는 전형적 멜로드라마의 이야기이다.

선악의 대립구조 이외에도 탈출구 없이 희생당할 수밖에 없는 공간 역시 멜로드라마틱한 연극적 공간의 전형적 예이다. 모든 멜로드라마 작가들이 유효하게 사용하는 감옥, 지하 독방의 공간구조는 악한이 순수한 이에게 승리할 수 있도록 만드는 탈출 불가능한 곳이다. 고결한 인물은 여기서 죄수가 되고 악한은 그에게 온갖 횡포를 부린다. 랄리와 제르베즈 역시 도망칠 수 없는 곳에 갇힌 운명이다. 바로 노동자의 환경이 감옥임을 상징하고 있다.

이런 일반적인 멜로드라마의 특징 말고도 소설에서는 멜로드라마적인 효과를 보여주는 다양한 부분들이 있다. 1장 공동세탁장에서 제르베즈와 비르지니와의 격렬한 싸움은 적대적인 모든 것들과 싸우는 주인공을 암시한다. 비극의 운명처럼 그녀에게 악착스레 달려드는 적들은 다양한 얼굴을 가지고 있다. 위젠 쉬의 연재소설처럼 졸라는 이 싸움의 과정을 선악의 이분법을 가지고 묘사하고 있다. 비르지니=갈색 머리=악 vs 제르베즈=금발머리=선이라는 구도 하에서 제르베즈는 비르지니를 때려줌으로써 그녀에게서 받은 모욕으로부터 정화된다. 이 장면은 여주인공을 괴롭히는 나쁜 세상을 정화하는 '카타르시스적 효과'를 가지는 동시에 다시 '보복의 순간'이 돌아올 수 있는 구조를 내포하고 있다. 이 난투극은 카르멘 (메리메, 『카르멘』1845)과 다른 담배공장 여직공과의 난투극을 연상시킨다. 이야기의 서막에 위치한 이런 에피소드는 이야기 구조상 보복이라는 다른 이야기 구조가 앞으로 등장할 것임을 예견하게 한다. 결국 다시 돌아온 비르지니는 제르베즈의 가게와 랑티에를 차지하고 그녀의 몰락을 지켜보면서 복수를 완성한다.

철공소에서 구제와 베크 살레가 제르베즈를 앞에 두고 시합하는(혹은 결투) 장면 역시 '연약한 인물을 보호해주는 전사의 이미지'를 보여주면서 서사시와 멜로드라마적인 요소를 모두 보여주고 있다. 특히 베크 살레와 구제는 현대판 사투르누스 vs 불과 대장간의 신 불카누스라는 신화적 대립을 보여준다. 오염되지 않은 건강함을 노동으로 변화시키는 구제가 건강한 유전을 상징한다면 알코올로 찌든 오염된 피의 베크 살레는 구제의 선의 가치들과 대립되는 악의 가치들을 상징한다.

‘돌아온 악한’ 랑티에는 연재소설에서 자주 등장하는 악한이나 배반자의 전형적 유형이다. 그는 주인공이 가장 행복한 순간, 즉 제르베즈의 성공을 자축하는 듯한 흥겨운 동네 잔치가 절정에 이른 순간에 나타나서 주인공을 불안에 떨게 만들고 그녀의 파멸을 재촉한다. 눈보라 치는 밤, 거리를 헤매면서 추위와 배고픔에 지쳐가는 제르베즈의 모습 역시 동화의 장면들을 연상시킨다. 구제가 제르베즈와 함께 도망가고자 하는 것 또한 낭만적 목가의 주제를 보여주며, 그가 길에서 매춘을 시도하는 제르베즈를 집으로 데려와 먹을 것을 주고 마지막 사랑의 용서를 보여주는 것 역시 멜로적인 주제이다.

인물들

a. 주인공 제르베즈 마카르

우선 여성 노동자를 주인공으로 한다는 것은 당시의 문학적, 아카데미적 분위기에서는 거의 예가 없는 경우이다. 이점만으로도 『목로주점』이 혁명적 이론을 담은 책은 아닐지라도 그 파장의 효과는 상당히 혁명적이라고 할 수 있으며 졸라 나름대로 하층계급, 노동자를 위해 편든 것이라 할 수 있다.

제르베즈의 삶과 깊이는 소설 처음에서부터 느껴지면서 이미 저자를 벗어나 하나의 신화로 자리잡는다. 제르베즈는 의도적으로 만들어진 유형임에도 섬세함과 함께 실제 개성이 살아있는 인간의 모습을 보여준다. 사실『목로주점』은 제르베즈를 중심으로 그녀의 심리와 더불어 보여지고, 느껴지고 이야기된다. 염색집에서 흘러나오는 도랑물은 그녀의 감정에 따라 장미 빛, 초록색, 검은 색으로 나타난다. 콜롱브 영감의 증류기는 그녀가 알코올의 힘에 대해 두려워함에 따라 괴물스럽고 위험한 동물로 그려진다. 모든 것이 그녀를 중심으로 움직이며 모든 인물들은 그녀와의 관계 속에서 그녀의 이야기 속에서 역할을 부여받는다. 브뤼 영감이나 익명의 동네 상인들처럼 가장 의미가 없는 사람들도 그녀의 심리를 이야기하기 위해 상호 연결되어있다. 거기에서 현실을 객관적으로 묘사하는 사실주의적 작가 대신 현실의 변형을 통해 심층적인 면을 드러내게 하는 표현주의적 작가의 모습을 볼 수 있다.

제르베즈의 신체적 정신적 특징은 유전에 의한 피할 수 없는 전락의 원칙을 그대로 반영하고 있다. 제르베즈가 증류기 앞에서 보이는 호기심은 분명히 선악과 앞에서의 이브의 실추와 연결되지만 원죄의 기미는 더 이전에서 찾을 수 있다. 그것은 그녀의 어머니 아델라이드 푸크가 주정뱅이 마카르를 정부로 삼았을 때부터이다. 그녀의 다리에 이상이 생기게 된 것은 그녀를 잉태 중인 어머니에게 취중의 아버지가 난폭한 행동을 했기 때문이다. 다리를 저는 제르베즈는 아버지계열의 유전으로 인한 영원히 지워지지 않는 흔적을 상징한다. 이점에서 유전학에 대한 관심이 창세기 신화를 앞서가는 격이 된다. 조상에게서 벗어날 수 없게 만드는 이런 결정론은 절망적이지만 하나의 희망을 가지고 있다. 뤼카 박사의 책들을 탐독한 졸라의 유전학은 유사를 만들어내는 유전성과 차이를 만들어내는 생득성이라는 두 가지 경향으로 나뉘는데 생득성은 새로운 삶을 가능하게 해주는 희망적인 측면을 가지고 있다[8].

그렇지만 제르베즈가 실추하는 진정한 원인은 바로 아주 박약한 그녀의 의지 때문이기도 하다. 비록 그녀가 소설 마지막에서 온갖 치욕과 위기들을 겪은 후 완전히 변해버린 추한 모습을 보이지만 작가는 그녀가 처음에 얼마나 아름다운지를 말하고 있다. 금발의 키가 크고 날씬한 모습, 커다란 두눈, 도자기처럼 뽀얀 피부의 그녀가 열심히 일에 몰두하는 모습은 분명히 아름답다고 해야 할 것이다. 그녀의 생각도 건전하고 훌륭하다. 일에는 지독히 성실하고, 양처럼 순하고 착하며 다른 사람들에게 다정하고 사려 깊다. 자신의 것을 나누고 싶어하는 그녀는 다른 사람들의 질투를 불러일으킬 정도다. 이렇게 이웃들과 나누고자하고 쉽게 다른 사람들(랑티에를 포함해서)의 청을 거절 못한 것이 오히려 그녀에게 화근이 될 정도이다.

그녀가 비참과 기아의 상황으로 간 것도 결국은 쿠포와 랑티에라는 기생자들을 거절하지 못했기 때문이다. 자신의 운명과 싸울 수 없는 무력한 그녀는 정직과 성실이라는 자신의 신조들을 점차 포기한다. 소박한 그녀의 소망, 일할 수 있고, 먹을 수 있고 잠잘 수 있고 평화로이 죽을 수 있는 작은 공간이지단 이는 사실 일종의 피난처를 찾고자 하는 욕망일 뿐이다. 그녀의 피난처는 결국 마지막 층계 밑 창고가 된다.

이미 소설 서두에서부터 죽음으로 가는 제르베즈의 운명적 여정이 암시되고 있다. 처음에 그녀를 도와주었던 쿠포, 동네사람, 보슈 부부는 그녀에게 해를 끼치는 적대자들로 변하고 그녀는 동네사람들을 포함해 모두에게서 버림받는다. 제르베즈 자신도 세탁소와 주변의 오염된 공기에 서서히 질식되어가고 변하면서 스스로를 파멸로 몰아가게 된다. 그녀의 주변 환경에는 도망갈 수 없는, 피할 수 없는 숙명성이 깃들여 있다. 예전의 인물들이 신에 의해 정해진 운명이라면 그녀는 생물학적이나 사회적으로 결정지어진 운명이라는 점이 다를 뿐이다. 운명의 덫에 걸린 비극적 짐승처럼, 소설 처음에 자신을 배반한 애인을 기다리는 제르베즈에게서 죽을 때까지 술과 무절제로 난폭한 또 다른 남자를 기다리는 그녀의 운명의 전주곡을 볼 수 있다.

희생제물로서의 그녀의 운명은 술로 망쳐진 남자들 때문인가 아니면 사회 환경의 잘못인가. 아니면 신의 실수인가? 사실 대답은 그리 중요하지 않다. 모든 비극은 대답 없는 질문이거나 질문 없는 대답이기 때문이다. 『목로주점』은 비극의 위대함을 보여준다. 그것도 서민적 비극을. 신은 여기에 직접 개입하지 않는다. 비극의 대상은 더러운 거리, 힘든 나날의 노동자들, 실업자들이 된다. 신의 영역을 벗어나서도 또 다른 원죄(환경의 숙명성)로 인한, 인간으로서는 여전히 벗어날 수 없는 파멸에 대한 허무주의를 볼 수 있다.

b. 세 남자

제르베즈 주변에는 랑티에, 쿠포, 구제라는 남자 트리오가 있다. 이들은 제르베즈와의 관계에서 대립과 대조의 효과를 보여준다. 랑티에는 이야기의 시작과 끝에서 모두 나타난다. 마지막 장은 쿠포네의 비참한 최후와는 반대로 새롭게 시작하는 랑티에가 부각된다. 기둥서방으로 살고있는 랑티에의 위치는 이야기 내내 변함이 없다. 그는 모든 상황을 자신의 이익을 위해 유리하게 바꿀 줄 알고 동네의 환심과 환대를 얻을 줄 안다. 모두가 망해도 그는 살아남는다. 랑티에가 나타나지 않았던 시간(2장에서 6장)은 제르베즈가 일시적이지만 상승과 균형을 누리는 순간과 일치한다.

다시 돌아와 주인공의 성공을 위협하고 파멸로 몰아가는 랑티에는 멜로드라마적인 연재소설에 나오는 '돌아온 악한'의 역할과 비슷하지만 악한의 영역을 뛰어넘는 또 다른 역할들이 부여된다. 파리의 식당들과 유흥가를 찾아다니는 랑티에를 따라 독자들은 당시 파리식의 쾌락 방식을 볼 수 있다. 이 점에서 랑티에는 자연스러운 사실적 묘사를 끌어내는 대리인 역할을 하는 존재인 동시에 제르베즈의 가정을 몰락하게 한다는 점에서 환경의 실험적 기능을 부여받고 있다.

또한 성실한 노동자와는 반대로 여자들을 등치며 살아가면서도 정치적 신념을 내세우며 자신의 이러한 기생을 합리화하는 랑티에의 또 다른 면모에서 노동 운동 지도부를 부정적으로 보던 당시의 선입관을 엿볼 수 있다. 그의 낡은 트렁크 속에서 뒤죽박죽으로 나타나는 정치 관련 책자들, 위젠 쉬의 소설들, 고물 장사들에게서 샀음직한 철학책들, 인도주의적 책들은 그의 사상이 어디에서 영향 받았는지를 보여준다. 그의 독서에 대한 부정적 시각을 드러내는 이런 재현은 제대로 이해하지도 못한 슬로건을 앵무새처럼 되풀이하는 혁명가들에 대한 부정적 평가를 나타낸다. 이런 미숙한 혁명론자의 모습은 『제르미날』의 에티엔, 『대지』의 제쥐-크리스트, 『루공가의 운명』의 마카르에서도 나타난다. 이들 모두 거대 담론과 급진적인 해결책에 도취해있다. 랑티에는 사회를 깨

곳이 청소해야한다고 주장하면서 군국주의를 제거하고, 특권, 자격, 독점의 제거를, 봉급자들의 평등, 이익의 배분, 프롤레타리아, 민중들의 형제애를 예찬해야 한다고 외친다. 졸라는 가장 진보적인 생각들을 빌붙어 사는 기숙자인 가장 신뢰할 수 없는 인물의 입을 빌려 말하는 모순어법을 보여준다.

졸라의 텍스트에서 노동자들의 현실은 쿠포와 제르베즈를 몰락으로 이끄는 랑티에라는 부패 효소(?)를 통해 함축적으로 나타난다. 그가 돌아오면서부터 제르베즈의 노동 공간은 부패의 냄새로 가득차게 된다. 그가 방 하나를 차지하게 되면서부터 더러운 세탁물들과 악취는 제르베즈의 침실까지 점령한다. 랑티에는 제르베즈가 없는 동안 세탁부들과 놀아나고 그녀의 집은 사창가의 모습을 띠게 된다. 제르베즈는 여기에 저항하기에 나약하며 결국 그의 정부가 된다. 제르베즈가 몰락한 후 랑티에가 그녀의 라이벌인 비르지니에게로 간 것은 그가 분명히 여주인공의 적대자임을 드러내는 부분이다. 그의 검은색 머리는 윤리적으로 부정적인 면을 상징한다. 그는 금발의 구제와 완전히 대립되는 인물이다. 제르베즈와 그녀의 가게를 삼키는 랑티에는 모든 것을 포위하고 삼키는 환경을 의미한다.

구제의 금발머리와 금발 수염은 남부 출신의 랑티에와는 다른 프랑스 북부 출신임을 상기시키는데 이는 태양처럼 빛나는 선의와 순수함을 지닌 인물, 도덕적으로 긍정적인 인물임을 상징한다. 대장장이 구제에게 붙은 '헤라클레스 같은' 수식어는 그가 신화적 영웅의 화신임을 의미한다. 그는 진정한 노동자로 독서를 통해 지성을 함양시키며 어머니에게는 덩치 큰 어린아이처럼 헌신하며 항상 청결하고 예의 바르다. 그는 저축하며 결코 술에 취하는 법이 없다. 졸라는 이 훌륭한 거인에다 소녀처럼 그림들을 오려붙이는 모습을 부여함으로써 구제를 성별의 구분이 모호한 인물로 그리고 있다.

3장에서부터 9장까지 나오는 구제는 제르베즈에게 플라토닉한 사랑과 변치 않는 사랑을 보여준다. 그는 주인공을 도와주는 보조자 역할이다. 쿠포의 추락으로 제르베즈가 세탁소를 열기 어렵게 되자 자신의 결혼자금을 선뜻 빌려준다. 구제는 철공소를 방문한 제르베즈 앞에서 베크 살레와 볼트 만들기 경쟁을 한다. 이는 마치 자신이 흠모하는 귀부인을 위해 싸우는 용감한 기사의 모습을 연상시킨다. 그러나 쿠포 마나님의 장례식을 치르기 위해 제르베즈가 그에게 다시 돈을 빌리러 가는 시점은 그와 제르베즈의 목가가 끝나는 시점이 된다. 구제는 더 이상 그녀의 몰락에 관여하지 않는다. 배고픔 끝에 매춘을 하려한 제르베즈와 구제와의 마지막 만남은 너무나 비장한 장면 중의 하나이다.

쿠포는 랑티에보다 먼저 소설에 등장해서 소설 끝까지 나타난다. 제르베즈처럼 그도 점차 몰락으로 향해가는 인물이다. 쿠포는 사고로 규칙적인 노동의 덕성을 잃어버리고 그에게 용돈을 쥐어주기 시작한 제르베즈는 그의 게으름을 부채질하는 공범이기도 하다. 파리의 지붕 위에서 일하는 쿠포가 하늘에 속해 있다면 제르베즈는 붉은 땅을 의미하는 이브처럼 땅에 속해있다. 다리를 저는 제르베즈나 다리를 다친 쿠포는 한 쪽 발로 뛰면서 하늘과 땅을 오가는 어린이 돌차기 놀이처럼 땅에서 태어나 굼뜨게 살지만 하늘과 땅 사이를 오갈 수 있는 신화적 역할을 맡는다. 지붕에서 떨어지는 쿠포는 하늘을 떠나 천천히 지하의 저주받은 세계로 내려감을 상징하고 있다.

동료들이 소설 초기에 그를 카데카시스(cadet-cassis : 독주 대신 약한 카시스 술을 마시는 녀석)라는 별명으로 부르는 것은 그가 절제할 줄 아는 근면한 노동자라는 점을 말해준다. 좋은 노동자 유형이었던 그는 지붕에서 추락한 후 게으름과 알코올에 의존하게 되고 이로 인해 점차 변해가는 인물의 전형적인 행동단계를 보여준다. 쿠포는 다친 다리를 치료하는 동안 구제가 글을 가르쳐주려는 것도 거부하면서 놀기 좋아하는 혼합형 노동자로 나아가기 시작한다. 쿠포의 전략은 제르베즈의 전략을 예고한다. 쿠포는 제르베즈를 반영하는 거울이라고 할 수 있다. 그러나 동시에 쿠포는 제르베즈를 전략으로 이끄는 랑티에와 공범의 관계에 있다.

소설 처음부터 졸라는 쿠포를 다정다감한 면을 보여주는 동물로 묘사했지만 소설 마지막에서는 완전히 괴물 같은 동물성을 드러내는 인물로 그려낸다. 소설 마지막 장, 병원에서 광기에 휩싸여 발광하며 죽어가는 쿠포의 모습은 알코올 중독에 대한 객관적인 관찰인 동시에 졸라의 이데올로기를 드러내준다. 쿠포의 경우 이미 사회적으로 결정되어졌고 그의 생물학적 본성을 드러나게 하는 것은 바로 이런 사회적 결정론으로 인해서이다. 한 가족의 자연사와 사회사인 루공—마카르 가 이야기에서 사회와 유전은 서로 맞물려 있다.

졸라의 상상계에서 어린이, 광인, 원시인은 하층민의 이미지와 연결되어있다. 『목로주점』에서 광기상태는 유아적 퇴행을 동반한다[9]. 동물적이고 야만적이며, 유아적으로 묘사된 하층민은 특히 파티에서 광적인 태도를 드러낸다. 쿠포가 알코올 중독의 환각상태에서 보는 것은 바로 카니발적인 난장판이다. 그는 광기 속에서 축제 한가운데에 있다. 쿠포는 죽음의 가면을 쓴 사육제의 어릿광대처럼 웃음으로 죽음을 보여준다. 그는 12장의 제르베즈처럼 광기 속에서 자신의 일생을 되돌아보게 된다. 광기의 환각 속에서 쿠포는 자신의 일생을 교정한다. 그는 자신에게 부족했던 위엄을 다시 찾는다. 그는 제르베즈의 간통을 더 이상 모른 척 하지 않고 랑티에를 때려준다.

　광기란 충족되지 못한 욕망이 환각적으로 실현된 것이라고 보는 졸라의 이런 태도는 프로이트의 이론을 예상케 한다. 이 환각상태에서의 사육제 속에서 역설적으로 진실이 밝혀진다. 파티에 빠져 살았다는 것이 파멸의 상징으로 나타난다. 이런 점에서 이들의 전락이 방종 때문이라는 윤리적 잣대를 읽을 수 있다. 제르베즈와 쿠포가 그렇게 무절제하지 않았다면 노동, 절약, 성실함, 절제를 가지고 살았다면 낭비와 쾌락에 빠져들지 않았더라면 제르베즈의 이상은 실현될 수 있었을지도 모른다.

　쿠포의 죽음은 노동의 규칙적인 측면이 인간이라는 기관을 잘 유지시킨다고 보는 파스칼 박사의 건강의 열역학적 이론을 보여준다. 노동 없이 휴식만 취한다면, 감각을 소화나 변화를 통해 순환시키지 않고 받아들이기만 한다면 순환의 막힘 현상이 나타난다고 본다. 이 인간이라는 기관은 축적된 모든 에너지를 노동이나 열기의 형태로 재구성하게 만든다. 섭취된 에너지를 노동이나, 이념이나 생산적 움직임으로 소비하지 못했을 경우 쿠포처럼 환각적 생각이나 비생산적인 움직임으로 만들게 된다.

　쿠포는 환각 중에 난잡한 댄스를 재현해 보이고 그 다음에 일하는 모습을 재현한다. 그는 축적된 에너지를 열기로 바꾸

긴 하지만 노동으로 바꾸지는 못한다. 그의 이마에 맺힌 진땀들, 물이 끓어오르는 것 같은 행동은 그 자신이 증기기관이었음을 상징한다. 기계 같은 동작을 보이는 그가 마침내 쓰러져 죽었을 때도 발은 계속해서 기계처럼 규칙적으로 움직이고 춤춘다. 쿠포는 알코올이라는 원료로 태워지고 소진된 증기기관이라고 할 수 있다. 그는 살아있는 기관(기계)으로서의 에너지의 생리학적 순환, 기계적 순환, 경제적 순환을 무시하고 잘 사용하지 못한 것이다. 노동으로 전환된 삶은 봉급을 만들어내고 이것은 또한 생명을 만들어낸다. 쿠포는 이 순환을 이루지 못한 결과 생명력 있는 기관으로 나아가지 못하고 그의 마지막 환각에서 재현되는 끔찍한 사육제처럼 소비되고 마는 기계로 끝난다.

c. 나나

나나는 총서 9번째 소설의 주인공이지만 여기서는 부차적 인물이다. 그럼에도 11장에서는 중요하게 묘사된다. 우선 막 꽃피려는 시기의 매혹적인 모습의 나나를 그리는 졸라의 표현들은 작가의 미술가적 기질을 충분히 엿볼 수 있는 부분이다. 그의 묘사에서 마네나 르누아르가 그린 젊은 여성들, 툴루즈 로트렉의 춤추는 여성들의 모습을 떠올릴 수 있다. 그러나 해부학자 졸라는 예술가들을 매혹시킨 유혹적인 모습에서 악에 물든 나나, 자신의 본성에서 벗어날 수 없는 나나를 본다.

제르베즈와 나나는 아주 반대되는 위치에 놓여있다. 제르베즈가 육체적으로 쇠퇴해갈 때에 나나는 점점 더 눈부신 젊음을 보여준다. 금발의 미인인 나나는 구트 도르를 완전히 장악한다. 나나는 곧 새로운 세계의 정복을 위해 가족과 일터를 떠난다. 그녀가 여러 장소들을 순례하는 것은 이런 공간의 확장을 의미한다. 노동자는 변두리로 부르주아는 도심으로 분리되는데서 지리학적 공간의 분리가 사회학적 분리를 의미하듯이 동네라는 경계를 벗어나는 이런 행동은 자신의 노동자 환경에서 벗어나고자 하는 나나의 욕망을 반영한다. 그러나 나나가 좋은 옷을 입고 마차를 타고 가는 상승된 신분의 모습은 그것이 매춘으로 이루어진 것인 이상 정신적 전락을 의미한다. 제르베즈처럼 그녀도 전락에서 벗어날 수 없는 운명임을 알 수 있다.

— 나나와 파리

나나가 파리를 돌아다니는 것은 졸라에게 다시 한 번 서민들의 즐거움을 지형학적으로 묘사하는 기회가 된다. 여기에서는 오쓰만이 만든 새로운 파리의 무도장을 보여준다. 나나는 이곳에서 물을 만난 물고기처럼 네 활개를 펼친다. 오쓰만 남작이 건설한 파리 신시가지는 황제의 권위와 명예욕에서 태어난 것이며 폭동을 예방하고 노동자들을 변두리로 보내는 효과를 충족시키지만 신시가지에 대한 졸라의 인상은 부정적이지만은 않다. 우선 예전의 방벽을 없애면서 파리는 새롭게 변화된 구트 도르처럼 햇빛과 바람이 잘 통하는 훨씬 더 넓어지고 건강에 이로운 공간이 되었다고 본다. 문제는 신 시가지라는 엄청난 작업에 필요한 자본을 만들기 위해 정부가 땅 투기를 부추기고 이용하면서 사람들 사이에 온갖 사기와 강탈이 이루어졌고 천민자본주의의 졸부들을 탄생시켰다는 점이다.

졸라가 『루공가의 운명』의 서문에서 들끓어 오르는 욕망 속에서 쾌락을 향해 달려드는 세대를 새롭게 잉태시킬 제2제정에 대해 말할 것이라고 했듯이, 나나는 바로 이런 시기에서 태어난, 이 시대가 출산한 딸로써 한 가족, 한 시대의 사회적 상승에 대한 강한 욕망을 대변한다. 졸라는 오쓰만이 기획한 새로운 파리와 매춘을 연결 짓고자 했다. 휘황찬란한 진열장들을 바라보면서 화려한 생활에 대한 욕망을 키우는 나나와 그녀를 사고자하는 나이 지긋한 남자의 욕망은 제 2제정의 본 모습인 욕망과 그 타락을 대변한다.

나나는 쿠포와 제르베즈의 자식이지만 이상하게도 랑티에를 닮은 것은 바로 환경에 의한 전염 내지는 침투 효과를 의미한다. 그녀의 성향조차도 다른 사람을 타락시키는 랑티에의 성향을 보여준다. 나나가 어머니와 랑티에의 간통 현장을 목격했을 때부터 이미 자신의 부모와 환경에게서 영향 받았으며 그녀의 운명은 결정된 것이다. 나나는 전염 혹은 침투의 법칙과 떼어놓고 생각할 수 없는 환경의 영향론을 보여주는 인물이다. 나나는 우선 냄새로 나타난다('무르익은 여인내의 냄새'). 예전에 그녀의 어머니 제르베즈가 더러운 속옷들의 냄새에 물들어 가는 것처럼 그녀의 작업장도 여공들의 흐트러진 머리, 구겨진 치마들에서 풍겨 나오는 싸구려 댄스홀의 방탕한 밤의 냄새로 넘친다. 작업장, 파리의 거리들, 변두리 동네와 같은 이런 환경은 나나의 숨겨진 본성을 드러나게 해주는 결정적인 환경이 된다.

나나는 자신의 부모에게서는 사회적 공간의 위와 아래를 오가는 상승의지와 몰락의 운명을 물려받는다. 한 쪽 다리를 저는 제르베즈가 땅에 속해 있다면 하늘에서 일하던 쿠포는 하늘에 속해 있다. 나나는 이 두 극 사이를 오간다고 할 수 있다. 별명이 황금파리인 나나는 아래 계층의 부패를 위의 계층으로 옮기는 상징적 역할이다. 그런 점에서 나나가 소설에 나타날 때는 언제나 층계의 주제가 동반된다는 것을 말하지 않을 수 없다. 사회적 계단을 따라 오르고 내려가는 나나에게 층계는 바로 자신이 태어난 고향이다.

- 나나와 랄리

나나는 어린 순교자 랄리와 대립되는 악의 꽃이다. 어린 시절의 순수함에서 벗어나기도 전에 아버지의 구타 속에서 죽는 랄리는 지옥 한가운데서도 진정한 성녀의 면모를 보여준다는 점에서 불량기 있는 나나와 대립된다. 순수한 처녀와 매춘부 사이에 있는 나나를 어머니로 만들기 위해서는 어떻게 해야 하는가? 어린 나이에 어머니의 역할을 맡고 있는 랄리는 순수한 어머니이지만 여성이 아니라는 점에서 이 물음에 대한 또 다른 부정적 답변을 보여주는 이상 이 질문에 대한 해결을 찾는 열쇠는 바로 나나의 여정에 담겨있다고 할 수 있다.

d. 제르베즈의 이웃

- 로리예 부부

이들 부부는 상승에서 하락까지 많은 굴곡을 겪는 제르베즈와는 반대로 변하지 않는 안정성을 보인다. 이들 부부의 이름은 로르(=금)에 대한 집착을 상징한다. 금을 가지고 일하는 것만큼이나 치부에 대한 집착이 큰 이들의 인색함은 문학 세계에서도 그 예를 찾아 볼 수 없을 정도로 지독하다. 음식과 술을 즐기고 간통에 이르는 제르베즈와의 대립적 관계 속에서 이들은 경제적 절약과 성적인 절제를 암시한다. 이들은 아이가 없다.

— 비르지니

이름에 내포된 비르지날(순결한)의 의미는 전혀 없는 인물로 주인공과는 적대관계에 있다. 이들의 모습도 랑티에와 구제만큼이나 정반대이다. 금발과 흑발의 싸움을 보여주는 공동 세탁장에서의 일화는 이런 대립을 분명히 보여준다. 랑티에의 모습처럼 검은 색은 악을 상징한다. 비르지니는 복수할 날을 기다리는 멜로드라마의 배반자 유형처럼 못되고 음험하다. 그녀는 랑티에보다 먼저 돌아온다. 결국 그녀는 제르베즈의 가게를 사고 제르베즈를 하녀로 부리게 된다. 그럼에도 이야기 마지막에서 그녀 역시 랑티에에 의해 몰락해가고 있다는 점에서 적수의 역할은 미묘하게 변한다. 그녀는 또 다른 제르베즈이다.

— 브뤼 영감, 바주즈, 랄리 비자르

여주인공의 다른 주변 인물들 중에서 이들 B 트리오(Bru, Bazouge, Lalie Bijard)는 제르베즈의 삶에 직접적으로 개입하지는 않지만 그녀의 운명을 예고하는 배경이 되며 제르베즈로 하여금 자신을 뒤돌아보게 하거나 성찰하게 하는 역할을 한다.

브뤼 영감은 자식도 일도 없이 사회에서 소외된 늙은 노동자의 비참함을 보여준다. 그의 유일한 피난처인 지붕으로 가는 계단 밑 창고에서 죽음만을 기다리는 그의 운명은 바로 제르베즈 자신의 운명을 반영하고 있다. 그녀는 결국 그의 자리를 대신하면서 그의 보금자리였던 층계 밑 창고에서 죽는다.

죽음을 상징하는 장의사 인부 바주즈는 7층의 제르베즈의 아파트 옆에 살고 있는데 제르베즈는 그를 통해 죽음에 대한 혐오와 동시에 매혹을 느낀다. 바주즈와는 결혼식 때와 쿠포 마나님 장례식 때 만났지만 소설 마지막에서는 두 사람이 벽 하나를 두고 인접해 있음으로써 이 인물을 통한 죽음의 운명이 더욱 확실히 전달되고 있다.

랄리 비자르는 알코올 중독의 환경에서 희생된 어린이 순교자를 상징한다. 어린 엄마의 이미지인 랄리는 어린이의 순수성과 어머니의 덕성을 갖춘 이미지로 그녀의 비참한 죽음은 순수성과 덕성을 위협하는 불의에 젖은 불순한 사회를 고발하고 있다. 랄리의 이야기는 실제 라티스본에서 일어난 이야기로 〈레벤느망〉의 3면에 실린 기사를 졸라가 준비서류철에 적어 둔 것이다. 아버지에게 가혹하게 매 맞으며 죽어간 어린 소녀 가장 이야기를 택한 것은 신문에 실린 이상 졸라 자신의 이야기의 사실성과 진실성을 보장해주기 때문이다.

그러나 이 이야기는 사실 효과뿐만 아니라 수사학적 차원에서 순수함이라는 덕성을 그리는 고전적 멜로드라마의 효과를 가지고 있다. 비자르네의 방은 철물공의 소박한 방이지만 처음에는 어머니가, 어머니가 죽은 후 딸이 항상 관리하기 때문에 유일하게 아주 깨끗한 곳이다. 바로 순수의 공간이라고 할 수 있으며 아픈 몸을 이끌고 청소하는 이들의 모습은 어머니의 덕성, 여성의 덕성을 강조하고 있다. 여기서 방은 행복의 공간이다. 그러나 행복이 들어오는 것과는 너무나 대조적으로 비자르의 가혹한 폭력이 들어오는 곳이 된다. 아버지-침입자는 순진무구함의 장소에서 악의 승리를 보여준다. 그러나 악에 대한 선의 승리도 보여진다. 랄리는 죽기 전 아버지를 용서한다. 침묵, 수동성, 복종, 희생을 구현하는 불쌍한 랄리의 덕성으로 아버지는 구원된다. 3면기사였을 뿐인 랄리의 이야기는 졸라의 몽타주를 통해 역사를 뛰어넘은 선과 악의 대립, 갇힌 인간의 운명, 인간의 잔혹성을 보여주는 서사시의 형태로 투사된다.

- 수위

졸라는 보슈 부인이라는 인물을 통해 전체를 한눈에 살펴보려는 19세기 부르주아들의 의도를 분석한다. 집주인들은 수위들을 통해 노동자들을 감시하며 이들의 사생활까지 간섭한다. 보슈부인이 안마당에 나와 감옥 같고 군대 막사 같기도 한 큰 집(노동자 집단 거주 아파트)에 별 문제라도 없는지 확인이라도 하려는 듯 천천히 창문들을 살피는 모습에서도 감시자로서의 그녀의 역할을 알 수 있다. 일반적으로 졸라를 외부의 관찰에 충실한 작가라고 보고 있지만 졸라가 보슈 부부를 통해 그려낸 복종의 매커니즘은 그가 내면의 세밀한 분석에도 뛰어난 심리학자의 면모도 갖고 있음을 보여준다. 보슈 부부는 집주인 마레스코에게 굽신거리며 온 동네 소문과 이야기들을 그에게 전해주는 스파이 역할이다. 특히 온 동네를 염탐하는 보슈 부인의 호기심 어린 눈길은 19세기 문학의 수상한 도덕관을 상징한다. 이들의 하층민에 대한 관심은 자신들이 잘 알지 못하는 것에 대한 호기심 어린 엿보기 취향을 반영하고 있다고 볼 수 있다. 보슈 부부에서 더 발전된 수위의 유형이 『살림』의 엄격한 수위 구르인데 이 인물은 부르주아들의 온갖 난잡하고 파렴치한 행동들은 못 본척하지만 가난한 이들의 행동은 엄격하게 감시하는 이중성을 보여준다.

e. 그 밖의 인물들
— 늙은 난봉꾼

나나를 끈질기게 쫓아다니며 결국 나나를 매춘의 길로 결정적으로 이끄는 단추제조업자인 50대 가량의 이 남자는 이름은 거론되지 않지만 육체적 특징은 상당히 자세하게 묘사되어있다. 그의 행동거지는 그가 가난한 여공들을 유혹하는데 상당히 노련한 사람임을 알게 해준다. 그는 늙은 난봉꾼의 유형이라고 할 수 있으며 위선적 부르주아 유형을 대표한다.

 – 익명의 군중들 : 공동세탁장의 세탁부들과 동네사람들

익명의 군중들은 마치 고전 비극의 합창대와 같이 이야기의 어떤 순간에 잠시 나타나면서 이야기에 활기와 의미들을 불어넣는다.

제르베즈와 비르지니가 공동세탁장에서 싸우던 순간의 세탁부들은 일터의 모습을 있는 그대로 소개할 수 있는 자연스러운 동기가 된다. 이들이 일하는 모습, 쉬는 모습, 식사하는 모습, 수다 떠는 모습 등을 통해 이들의 일에 대한 많은 정보가 독자들에게 자연스럽게 제공된다. 공동세탁장의 세탁부들은 그곳의 기계들과 반응하면서 제르베즈에게는 하나의 환경이 된다. 외설적인 육체 같아 보이는 공동세탁장은 거기에서 팔을 걷어붙이고 목을 훤히 드러내고 빨래하는 세탁부들의 모습이기도 하다. 이들의 훤히 드러난 목과 가슴은 코르셋 안에서 단정하게 조여진 부르주아 부인네들의 정돈된 모습과는 정반대로 어떤 거침없음을 드러낸다. 게다가 세탁장의 증기기관의 규칙적인 리듬과 이들의 기계적인 방망이질이 어우러지면서 기계화된 육체를 만들어낸다. 기계는 생명을, 인간을 압도하고 있다.

세탁부들도 마찬가지로 점점 더 탈 인간화되어 간다. 점심

시간에 입안 가득히 음식을 넣고 씹느라 말 대신 칼 든 손으로 손짓단 하고 있는 이들의 모습은 한 떼의 짐승들로 보이고 앞으로 일어날 제르베즈와 비르지니와의 싸움에 필요한 말 없는 배경이 된다. 바로 이런 분위기가 제르베즈에 침투되고 제르베즈는 이에 반응한다. 제르베즈와 비르지니와의 싸움에서 제르베즈가 비르지니를 깔고 앉아 온통 물에 젖고 상처 투성이의 몸을 드러낸 채 술래놀이 노래, '세탁장의 마르고'를 부르면서 증기기관의 리듬에 맞추어 비르지니를 몽둥이질을 하는 그녀의 모습은 기계에 의해 움직이는 자동인형의 모습이기도 하다. 제르베즈의 인간성을 기계화하고 육체화(혹은 동물화)하는 이런 군중의 역할은 동네사람들의 모습에서 겹쳐져 나타난다.

동네사람들 역시 제르베즈의 몰락을 부추기고 몰아가는 듯하다. 이름보다 대개는 직업적 특성으로 나타나는 이들은 바로 공동세탁장과 같은 차원이며, 환경 그 자체라고 할 수 있다. 이들을 대표하는 이들이 로리예 부부, 보슈부부이다. 그녀에 대한 로리예 부부의 잔인한 험담과 비방은 결국 그렇게 되고 마는 그녀의 운명이 된다. 이런 환경적 산물은 다른 익명의 인물로 나타나는데 바로 동네사람들의 여론, 소문이라고 할 수 있다. 랑티에가 제르베즈의 집에 같이 살게 되면서부터 그녀가 랑티에와 동침하고 있다는 소문이 돈다. 그리고 결국 그 소문대로 제르베즈는 그렇게 되고 만다. 여기서 소문은 하나의 인물로서 행동한다. 처음에는 호의적이었다가 나중에는 적으로 변하고 제르베즈는 자신의 운명을, 자신의 환경을 이기지 못한 것처럼 이들 여론, 소문에 희생된다고 할 수 있다.

－ 노동자들

솜씨 좋은 장인 기술자가 기계에 밀려 단순 작업자로 변화되어 가는 모습, 일자리의 감소로 실업자로 몰락해 가는 모습 등 이런 모든 주제들은 그 당시의 기계에 대한 두려움을 보여주는 심각한 주제이다. 또한 산업적인 철공소에 악마적인 용광로의 이미지가 부여됨으로써 신화적 차원의 영원한 시간으로 들어가게 된다. 철막대를 잘라내는 기계의 시중을 드는 노동자들은 강한 팔을 잃어버린 무력한 부속품으로 전락한다. 빛과 소리의 환상적인 차원을 보여주는 철공소는 바로 죽음의 모습도 내포하고 있다. 제르베즈가 처음 철공소를 방문했을 때 이곳에서 느끼는 밤의 부드러운 관능적 느낌은 죽음을 포함한 불안한 느낌이라고 할 수 있다.

－ 아이들

보슈부인이 나나와 아이들이 노는 모습에 질려하고 일종

의 불안을 느끼는 것은 부르주아 계층이 어린아이들에 대해 느끼는 불안을 반영하는 것이다. 부르주아들은 근검절약의 미덕을 내세우며, 어린아이들이 이른 나이에 성적인 방종에 빠져드는 것은 과도한 소비로 인해 몰락하는 것과 같다고 보기 때문이다. 나나와 그 일당들이 지하실에서 의사놀이를 하는 것을 알고 문을 닫는 보슈 부인의 행동은 그 당시의 이런 통념들을 보여주고 있다.

졸라뿐만 아니라 그 당시 사람들은 성에 대해 불안해하고 의사들은 강박적일 정도로 나쁜 행동들에 의해 발생되는 징후들을 강조했으며, 이런 점에서 기숙사나 하인들이 많이 들락거리는 곳에서 아이들이 배우게 될 것들에 대해 노심초사하는 모습을 보여준다. 『쟁탈전』에서 막심은 중학교에서 나쁜 물이 들고, 『살림』에서 아델은 하녀에 의해 물든다. 물론 졸라는 보슈 부인의 관점과는 다르게 아이들의 놀이에 대해 관대한 시선을 보내지만 그의 시선에도 어느 정도 그 당시의 불안이 깃들여 있다고 할 수 있다.

공간의 체계

　　『목로주점』은 공간의 소설, 혹은 공간에 대한 소설이라고
할 수 있다. 제르베즈가 연속적으로 옮겨가는 거주지들은 소
설의 흐름상 아주 중요한 요소이다. 봉쾨르 여관의 지저분한
방, 뇌브 가의 작지만 성스러운 아파트, 구트 도르의 노동자
공동 거주 아파트, 푸른 세탁소, 7층의 좁고 음침한 방, 지붕
으로 가는 계단 밑 창고와 같은 이들 거주지들은 여주인공의
영예와 수치의 순간을 보여주는 이미지들인 동시에 대립 구
조를 가진 행위자로서 기능한다.

　　이들 공간들은 신화처럼 구조들과 의미들의 대립관계 위
에서 구성된다. 2장은 콜롱브 영감의 주점에서 시작하여 구
트 도르의 집의 묘사로 끝난다. 2장과 반대로 10장은 구트 도

르의 집 묘사에서 주점으로 끝난다. 10장은 2장의 부정적 측면이다. 2장에서 아담과 이브처럼 제르베즈와 쿠포는 콜롱브 영감의 인공 낙원에서 술에 절인 자두를 먹었지만, 10장에서 이들은 싸구려 독주에 중독된 채 지옥으로 추방된 자들처럼 어둡고 겸새나는 집에서 회한의 눈물을 흘린다. 7층의 빛도 공기도 잘 통하지 않는 아파트는 제르베즈가 처음 이곳에 왔을 때 사회적 신분 상승의 희망으로 올려다보았던 그런 곳과는 전혀 다른 비참의 정서만이 남은 좌절의 장소이다. 제르베즈가 그토록 소망했던 편히 쉬고 잠자고 죽을 수 있는 작은 '구덩이'는 바로 이들 거주지들의 모습들을 통해 이상적인 형태로, 신분상승의 형태로, 전락의 형태로 제시되고 있다. 우선 파리에서 막 상경한 제르베즈의 삶은 중심에서 배제된 공간에서 시작된다.

격리와 배제의 공간

– 구트 도르와 푸와소니에르 성벽

민속학적이고 민족학적인 탐방기사와도 같은 졸라의 작업은 부르주아 독자층에게 노동자들의 관습과 풍속들을 보여주고자 이들이 사는 집, 음식, 잔치 등을 그대로 보여준다. 이런 민중적 환경을 보여주기 위해 하나의 장소, 구트 도르라는 동네가 선택된다. 소설을 쓰기 전부터 졸라는 여기에 관해 작가들이나 사회학자, 기자들이 쓴 정보들을 모아 조사수첩에 기록하고 자신도 직접 그런 동네를 방문해서 장소에 대해 기록하고 소설에 필요한 도로 지형도도 만든다. 이런 작업은 영화 촬영을 위해 제반 여건을 사전 물색하는 감독의 모습을 연상시킨다. 졸라의 작업은 사전에 장소의 물색작업과 정보 연구라는 이중적 작업으로 이루어지고 있다고 할 수 있다.

플라쌍이라는 시골 출신의 제르베즈가 랑티에와 함께 처음 파리에 올라와 머문 곳, 노동자들이 집단적으로 살고 있는 파리 변두리인 구트 도르의 선택은 당시의 사회 계층들이 공간적으로 분리되어 있는 것과 연관된다. 파리와 노동자들이 공간적으로 나아가 사회적으로 분리되어있음을 상징적으로 보여주는 것이 바로 이 지역을 파리와 분리시키는 푸와소니에르 성벽이다. 서구인들의 공간에 대한 상상계에서는 중심(도성 안)은 성스럽고 외곽지역은(도성 밖)은 죄인들이 내쫓기는 곳이거나, 야만인들이 사는 곳이다. 제르베즈가 파리로 올라와서 머문 이곳은 바로 이런 경계 지역으로, 사회적 배제와 소외의 공간을 상징한다는 점에서 그녀의 이야기는 이런 사회적 배제와 소외 그리고 극복의 문제를 담고 있다. 푸와소니에르 성벽과 시문을 통해 파리 경계선 밖으로 분리된 주변적 공간이라는 구트 도르의 이런 특성은 앞으로의 인물들의 행동과 도정들이 이 범주를 극복하고 통합으로 나아가는

길, 아니면 그곳에 갇혀 죽음을 기다리는 길이라는 이중의 운
명에 속해 있음을 의미한다.

이 소설에서 유난히 길을 잃고 헤매는 미망의 이미지가 많
이 나타나는 것은 이 경계를 뛰어넘을 수 없이, 이 환경에 숙
명적으로 매여 있어야 하는 인물들의 운명을 보여준다. 제르
베즈에게 있어서 공간을 가진다는 것은 자신의 사회적 정체
성을 확신하는 것이며, 공간을 잃는다는 것은 자신을 잃는 것
과 같다. 그녀는 두 번이나 자신의 동네에서 길을 잃어버린
다. 처음은 철공소를 찾아 갈 때, 두 번째는 배고픔에 지쳐 거
리로 나가 매춘을 하려할 때이다. 또 다른 미망의 예는 쿠포
의 결혼식 날 보여진다. 이 동네를 떠나 파리 시내로 들어가
는 결혼식 하객들의 행렬은 사람들의 호기심의 대상이 되고
결국 루부르 박물관에서 길을 잃고 만다. 어디가 어디인지
더 이상 알아 볼 수 없는 상황은 이들이 자신의 정체성을 잃
어가는 순간과 일치한다. 갇힘과 미망, 그리고 죽음의 운명
은 제르베즈가 창가에서 보게 되는 도살장과 병원에서 이미
각인되어 나타난다.

랑티에에게 버림받고 두 아이들과 홀로 이곳에 남게 된 제
르베즈의 상황은 그녀가 이런 소외된 공간에서조차 버림받
은 이방인임을 보여준다. 그런 점에서 그녀에게 공간은 자신
을 가로막고 방해하는 적대자이다. 1장의 공동세탁장의 결투

는 배제의 상황에서 통합의 상황으로 가기 위한 일종의 통과
의례라고 할 수 있다.

　－ 공동 세탁장

　낯선 곳의 공동 세탁장 역시 그녀에게 적대적이다. 현대적
환경을 상징하는 철골로 지어진 넓은 광같은 신식 건물, 물을
데우는 거대한 증기기관과 뜨거운 물에서 나오는 푸르스름
한 수중기들로 축축하며, 역겨운 세제냄새가 가득한 이곳은
부패를 떠올리게 한다. 화창한 날 제르베즈가 플라쌍의 강가
에서 빨래하는 모습과 대립되는 이 세탁장은 빨래가 상징하
는 깨끗함, 순수와는 거리가 먼 곳으로 세탁부 제르베즈의 이
상이 악취와 오물이 쌓이는 파리의 이 변두리 구석의 세탁장
과 만나면서 처음부터 좌절의 징조를 보이는 공간이다. 그곳
에서 남편을 빼앗아간 아델의 언니 비르지니와의 격렬한 싸
움에서 제르베즈가 이기게 되자 주변의 세탁부들이 그녀의
용기를 치하하고 그녀를 동정하게 되면서 세탁장의 적대적
상황을 역전시키고 이곳에 통합된다고 할 수 있다.

　그러나 이런 통합은 여전히 불안의 요소를 간직하고 있다.
제르베즈가 세탁용 방망이로 기계적으로 비르지니를 두들겨
주는 모습은 인간의 기계화된 모습을 보여주면서 세탁장이
라는 거대한 기계에 영향 받은 인간의 모습을 상징한다. 세

탁용 방망이가 등장하는 세탁장은 주점이면서 도살용 도끼나 곤봉을 의미하는 또 다른 "assommoir"로, 제르베즈의 부드러운 '기질'에 영향을 미치는 '환경'이 된다. 졸라가 즐겨 그리는 관계처럼 기계와 사람은 서로를 닮아간다. 포동포동한 몸처럼 보이는 물받이 통과 속옷이 삐죽 나온 건조기의 모습을 통해 세탁장은 커다란 육체처럼 보인다. 격렬한 싸움을 하고 있는 제르베즈와 비르지니는 규칙적이고 거친 숨소리를 내며 살아있는 생물체의 모습을 보이는 세탁장의 모습을 반영하고 있다.

세탁장의 결투는 기계화되고 동물화 되어가는 제르베즈의 미래를 암시한다. 자신의 미래에 대한 두려움은 쿠포와 함께 처음 콜롱브 영감의 목로주점에 가서 증류기를 보았을 때(2장)에도 나타난다. 그녀는 노동자들을 야수의 상태로, 광기와 죽음으로 몰고 가는 사회적 환경(=술과 기계가 상징)이 가져오는 모든 위협을 여기서 느낀다.

삼킴의 공간

― 콜롱브 영감의 목로주점

세탁장의 묘사에 이어 졸라는 콜롱브 영감의 목로주점 ASSOMMOIR을 소개하고 있다. 바로 이 주점의 이름이 소설의 제목이 된다. 세탁장과 주점은 둘 다 함정의 장소이며 동

시에 사교의 장소이다. 전자는 여성, 후자는 남성들의 사교
적 공간이다. 노동자들은 이들이 예전에 속해 있었던 마을의
공동체를 떠나 안정된 관계망을 잃어버린 채 도시로 흘러들
어온 뿌리 없는 이방인들이다.

　일터와 집 사이에 길이라는 공간이 있다. 주점은 길에서
벗어나게 해준다. 쿠포의 제의에 따라 주점에 들른 제르베즈
는 사람들이 북적거리는 그곳에서 평화로운 안식을 느낀다.
그러나 주점도 세탁장처럼 증기기관이 지배하고 있다. 이곳
에 설치된 알코올 증류기는 다시 한 번 이 환경이 제르베즈에
게 끼칠 해악적인 환경을 상기시킨다. 음험한 괴물처럼 보이
지 않는 관들을 통해 소리도 없이, 수증기도 보이지 않고 작
동하고 있는 증류기는 그래서 세탁장의 외설스러움보다 더
강력해 보이고 더 두려움을 준다. 음식물을 연소시켜 얻은
에너지를 일이나 다른 것으로 전환시키는 사람처럼, 창자와
같은 구리관을 통해 과일들을 알코올로 전환시키는 이 증류
기는 거의 사람과 같다. 이 술집의 단골인 메보트는 관들을
아예 그의 입에다 대놓고 자신의 발끝까지 알코올로 채워지
기를 바란다. 그는 이 증류기에 예속되어 있으며 기계로 만
들어진 액－알코올이 그의 피를 대신했음을 보여준다[10].

　이곳은 또한 새로운 신화를 이끌어 들인다. 사탄의 부엌처
럼 지하에 있는 증류기는 뱀들처럼 긴 관들을 갖추고 노동자

들은 그 앞으로 꿈꾸러 온다. 성령esprit의 독주spiritueux와 연결되고 이 독주를 파는 상인은 세속의 성령과 연결된다. 콜롱브 영감의 이름에도 그런 상징적 요소들을 볼 수 있는데, 페르 콜롱브(Père Comlobe)에서 페르는 아버지의 의미로 성부를, 콜롱브는 비둘기의 의미로 성령을 상징하고 있다. 제르베즈는 쿠포를 따라 처음 이 주점에 발을 들여놓을 때 술에 절인 자두를 먹는데 이는 아담과 이브가 사과를 먹는 장면과 연결된다. 악마의 붉은 색으로 치장한 이 증류기는 이브를 유혹하는 뱀처럼 제르베즈를 유혹한다. 제르베즈를 둘러싸고 있는 배제와 삼킴의 환경은 도처에 존재한다. 콜롱브 영감의 목로주점에 이어 제르베즈가 방문한 노동자 공동 거주 아파트와 로리예의 작업실에서도 그녀는 두려움에 빠진다. 그것 역시 배제되는 데서 오는 두려움, 삼켜짐에 대한 두려움이다.

구트 도르의 노동자 공동 거주 아파트

구트 도르의 노동자 공동거주 아파트는 냄새가 소설의 새로운 영역으로 개척되었음을 가장 잘 보여주는 공간이기도 하다. 졸라는 『목로주점』이 서민에 관한 서민의 체취를 지닌 최초의 작품이라고 서문에서 밝히지만 이곳의 냄새는 더 부정적인 차원을 보여준다. 서민의 삶에 붙어있는 부패의 냄새는 부르주아 층과 가난한 동네의 오염된 환경과의 극복할 수 없는 거리를 만들어낸다. 세균에 노출된 이들의 열악한 환경은 당시의 전염에 대한 위기의식을 담고 있다. 실제 1832년에 콜레라가 번졌을 때 많은 사람들이 전염되어 죽음을 맞이했다. 그 때부터 노동자들을 한 곳에 모아놓게 했고 그런 건물에서도 노동자들을 감시했다. 전염에 대한 두려움은 19세기 담론을 지배한 무의식적 요소라고 할 수 있다. 전염에 대한 통치자들의 두려움이 커지면서 수위들의 역할도 강화되어졌다. 구트 도르의 노동자들이 밀집해서 살고 있는 이 큰 아파트는 배제와 감시라는 이런 사회적 담론의 배경 속에서 나타난 것이다.

제르베즈가 구트 도르의 노동자들이 모여 사는 커다란 아파트를 처음 보았을 때 그녀는 마치 자신을 삼켜버릴 것 같은 커다란 짐승 앞에 놓여진 것처럼 두려움을 느낀다. 이런 삼킴의 이미지는 콜롱브 영감의 증류기에서 보이는 창자의 이미지, 짐승의 이미지와도 연결되어있다. 이 두 장소의 생물화된 짐승의 이미지는 바로 삼켜짐의 이미지를 내포하면서 결국 삼킴과 배제의 환경에 희생되는 인물들의 운명을 상징한다.

쿠포가 누나에게 제르베즈를 소개하러 이 집으로 데려가던 날(3장) 제르베즈는 고래의 뱃 속으로 들어간 요나처럼 어둠 속을 더듬거리며 나아간다. 끊임없이 이어지는 나선형 계단들은 거대한 창자 속을 연상시킨다. 악취 풍기는 계단을 오르느라 가쁜 숨을 몰아쉬는 제르베즈의 모습은 앞으로 그녀에게 닥쳐올 육체적·도덕적 부패와 오염의 모든 위험을 예감하게 한다.

이 장면에서 공쿠르 형제의 『제르미니 라세르퇴』에서 선보인 악취 나는 계단의 주제를 졸라는 자신의 방식으로 성공적으로 심화시키고 있다. 예전의 문학에서는 듣기와 보기라는 감각이 선호되어 왔고 냄새의 영역은 전통적으로 배제되어 왔던 것에 반해 졸라는 문학에서의 냄새의 영역을 새로이 개척하며 여기에 참신한 관심을 쏟는다. 발자크도 냄새에서 개인의 특성이 드러날 수 있음을 알고서 몇몇 작품에서 냄새에 대해 언급하고 있지만 개인의 인상학적 차원에 그치며, 졸라처럼 집단적 차원에서 가난한 집단 거주지의 냄새에 대해서는 말하지는 않는다.

그러나 이 주제는 또한 인상학 차원에서가 아니라 위생학 차원에서의 관심을 반영한다고 말할 수 있다. 계속 반복되어 나타나는 불결하고 악취 나는 계단의 주제는 19세기의 의사들이 끊임없이 그 비위생의 문제를 제기하고 있는 것과 마찬가지로 서민 주거지의 비위생적인 면을 부각시키는데 기여하고 있다. 이 소설에서 모든 악취가 우물로 비유된 계단을 통해 서로 섞이는 모습은 해로운 환경에서 모든 사람들이 서로 오염이 되는 과정을 의미한다. 계단을 통해 폭력성, 악덕,

병들이 퍼진다. 그리고 계단 꼭대기, 창자의 끝에는 마치 산업자본주의사회를 상징하듯 금사슬을 만들면서 살고 있는 로리예 부부의 방―철공소가 위치하고 있다. 로리예 부인의 지독한 이기심과 험담은 이 아파트의 모든 쓰레기들의 결정판이며 결국 제르베즈의 불행과 비참으로 이어진다. 여주인공 제르베즈의 여정은 이처럼 배제와 삼킴의 공간에서 시작되어 한 순간 통합의 순간을 맞이하나 곧 다시 배제와 죽음의 순간으로 이어진다고 할 수 있다.

일시적 통합의 공간

― 일터와 잔치의 공간

제르베즈가 구트 도르의 토박이인 쿠포와 결혼해서 열심히 일하고 저축하면서 안정된 가정을 이루고, 우중충한 동네와는 걸맞지 않게 산뜻하고 깨끗한 푸른 세탁소를 연다는 것은 한 공간에 자리 잡고 그 일원으로 통합되고자 하는 강한 의지를 의미한다. 동네 세탁부로서 성공적으로 자리 잡은 그녀가 가게 앞에 서서 지나가는 동네사람들과 눈인사를 주고받으며 당당히 서있는 모습은 이런 통합의 기쁨을 보여준다. 7장에서 그녀가 동네사람들을 불러 만찬을 여는 것은 이런 통합을 축하하며 베푸는 성대한 잔치라고 할 수 있다.

할 수만 있다면 식탁을 거리에 내놓고 지나가는 동네 사람

모두 초대하고 싶어 하는 제르베즈의 마음은 그녀의 화합의 의지, 한 그룹에, 한 동네에 속한다는 확신의 의지를 표현한 것이지만 동시에 그것은 자신의 중심을 잃어버리고 환경에 휩쓸리는 부정적 영향도 반영하고 있다. 잔치가 바로 가게라는 장소에서 이루어지는 것도 양면적인 의미를 지니고 있다. 사적 공간과 공적 공간의 뒤섞임은 매우 서민적인 축제의 모습을 브여준다. 서민적 공간의 장점이자 단점은 내적 공간이라고 할 수 있는 사적 공간의 부재에 있다. 이런 뒤섞임은 열악한 생활환경을 반영한다고 할 수 있다. 세탁소의 공기와 세탁부들이 주고받는 동네의 소문들이 점차 제르베즈의 몸과 마음을 오염시키는 과정에서도 보이듯이 환경의 전염에 노출된 사적 공간은 인물들의 전락과 연결되어 있다. 더러운 세탁물 냄새와 습기로 인해 곰팡이가 피어 있는 세탁소의 오염된 공기, 동네의 험담과 소문들은 벗어날 수 없는 해로운 환경처럼 제르베즈를 전락으로 이끈다.

동네 잔치를 정점으로 제르베즈는 몰락으로 기울어진다. 제르베즈가 동네사람들과의 통합의 순간을 만끽하는 그 순간에 돌아온 랑티에는 일종의 순환 고리를 보여주면서 그녀가 다시 처음의 배제와 소외의 공간으로 되돌아간다는 것을 의미한다. 랑티에가 돌아온 이후부터 랑티에 편을 들면서 그녀를 중상비방하기 시작한 동네사람들은 외지인, 침입자를 거부하고 축출하는 집단의 모습이기도하다. 이후 제르베즈는 비르지니에게 가게를 넘겨주고 사회적 공간과 단절된 채 완전히 몰락의 길로 내려선다. 공간에 뿌리내림은 숫구침의 의지이기도 하다. 공간을 잃어버림은 자신을 잃어버림과 같다.

출구 없는 미로와 죽음의 공간 : 층계

층계는 졸라의 소설세계에서 단순한 소통으로만 기능하지 않는다. 그것은 이 세상에서 삶과 불행을 오가며 헤매는 의식, 하늘과 땅을 오가는 의식을 상징한다. 이것은 발자크적인 인간희극보다 단테적인 여정의 인간희극에 더 가깝다. 위에서 아래로, 아래서 위로 거주지를 옮겨가는 제르베즈의 여정은 이 층계의 주제를 가장 잘 보여주는 경우이다. 소설 처음에 제르베즈는 봉쾨르장(위=)에서 구트 도르 거리(아래)로 이사 가지만 가게를 넘기게 된 제르베즈는 그녀가 혐오하던 로리예 부부가 사는 아파트와 같은 7층으로 올라가 살다가 죽게 된다. 제르베즈의 유일한 피난처인 마지막 공간은 바로 지붕으로 올라가는 층계참 아래의 창고라는 좁은 구덩이이다. 그곳은 너무나 늙어서 아무 일도 할 수 없는 최하층을 대표하는 브뤼 영감이 굶어죽은 곳이다. 계단 밑 층계참은 비참을 벗어나기 위해 허무의 밤 이외에는 다른 출구가 없는 것 같은 마지막 층계라고 할 수 있다.

충계에 내재된 미로와 죽음의 이미지는 그녀가 처음 로리에 부부를 만나기 위해 노동자 공동 거주 아파트의 나선형 미로 같은 계단을 한없이 꾸불꾸불 힘들게 올라갈 때 심화되어 나타난다. 충계를 따라 올라가면서 가난한 이들이 사는 비참한 곳, 현실적 지옥의 여러 가지 모습이 보여진다. 아래에서 올려다보는 제르베즈에게 충계들은 마치 탑처럼 보인다. 그러나 그녀가 끝까지 올라와서 아래를 내려다보았을 때 탑의 이미지는 우물의 이미지로 바뀐다. 이처럼 바벨탑의 이미지는 지하의 세계와 연결된다. 충계를 다 올라온 그녀는 거기서부터 다시 미로같은 길을 지나 마침내 어두운 복도 끝까지 와서 로리에 부부의 관처럼 긴 방으로 들어간다. 꼭대기 로리에 부부의 방에 들어갔을 때 불타오르는 금 사슬업자의 용광로의 불빛은 지옥의 불빛과 같다. 마치 미로 끝에 만나는 미노타우로스 괴물처럼 로리에 부부의 방은 『제르미날』의 지하 광부들―노동자들을 노예로 만들고 짓누르고 삼켜버리는 금, 자본처럼 이들을 삼키려고 기다리고 있는 것이다.

저르베즈가 유일하게 구트 도르의 경계를 떠날 수 있을 때는 소설 마지막 즈음 정신병원에 입원한 쿠포를 만나러 갈 때이다. 구트 도르에서 파리를 거쳐 정신병원으로 가는 그녀의 마지막 여정 역시 경계를 넘어서 통합의 꿈을 실현시키고자 했으나 더욱 전락(병원)으로 간 그녀의 여정을 상징하고 있다. 그토록 자신만의 공간을 가지기 위해 노력했으나 결코 가질 수 없었던 제르베즈의 공간적 여정은 1장에서부터 도살 장과 병원 사이에서 끝날 것이라는 결정론적 운명이 예고되고 있는 것처럼 여성 노동자들을 전락으로 이끄는 사회적 환경의 결정적인 힘을 보여준다.

사물의 체계

사물들은 사실의 효과를 느끼게 하는 사실적 재현의 기능과, 재현된 사물유형을 통해 사회적 환경의 특징을 드러내는 사회학적 기능, 괘종시계나 증류기처럼 이야기에 동참하는 행위자의 기능, 신성화를 보여주는 신화적 기능을 두루 내포하고 있다. 그런 점에서 사물들은 소설의 인물들과 같은 역할을 보여준다[11]. 쿠포 부부의 침대는 이들의 상승과 몰락의 이야기를 그대로 간직하고 있으며 결국 조각조각 팔리게 되면서 이들의 몰락을 이야기한다.

이상적 주택

구트 도르의 뇌브 가(뇌브 가 rue Neuve는 '새로운 길' 의미)

에, 제르베즈가 처음 장만한 집, 구제 모자네와 제르베즈 부부 단 두 가정만이 사는 작은 2층집에 부부가 정착하는 모습은 불평등하고 불확실한 과거와의 단절을 의미한다. 집은 사적 공간을 갖추었다는 점에서 군대 막사 같은 노동자 공동거주 아파트와는 다르다. 졸라가 보여준 이 건축형태는 19세기 말에 유행하게 될 개인형 작은 빌라라는 이상형을 예견한 것이다. 졸라는 『노동』에서 유토피아적인 도시를 보여주는데 여기서의 건축형태는 19세기 중반부터 선보이는 개혁적인 건축 모델을 취한 것이다. 즉 한 가정마다 독립된 하나의 집을 갖는 것이다. 가정의 내밀함이야말로 가난한 계층을 교화시킬 수 있는 가장 강력한 유일한 방법이 된다고 보기 때문이다. 하층민의 방들에는 분리의 개념이 없는 반면, 부르주아들의 방들은 가족 각자의 독립된 공간을 보장해주는 분리된 공간으로 부부만의 독립된 공간 형태를 존중하면서 가정에 대한 이념을 보여준다. 이 2층집의 큰 방은 이런 기능적인 분리를 가능하게 해준다. 커튼만 닫으면 큰 방은 안방과 식당으로 나뉘면서 내밀한 공간을 가능하게 해준다. 이런 내밀한 공간은 제르베즈의 정착을 돋보이게 한다.

이상적 행복을 보여주는 4장은 평화로운 삶에 대한 묘사를 통해 변질된 노동자층과는 다른 근면한 서민들의 가치관을 보여준다. 단정하게 놓인 가구들은 봉쾨르 여관의 열린 채 아무렇게나 놓인 낡은 짐 가방과는 반대이다. 전당포에 가는 대신 규칙적인 노동과 저축(괘종시계 안에 넣어둔 통장이 상징하듯), 그리고 가구들을 정성스레 닦고 깨끗이 청소하는 여주인의 청결한 생활방식, 다정한 부부관계 등은 도덕적 충고의 모습을 띠면서도 자연스럽게 이야기의 전개와 어울리게 처리된다. 위젠 쉬의 여성 노동자의 유일한 목표처럼 3년간의 노력 끝에 벽난로를 구비하는 것이 제르베즈의 목표이다. 이곳은 합법성과 안정성의 가치들이 승리한 모습을 보여준다. 방의 장식들은 부르주아들을 흉내 낸 군부와 교회 그리고 가족을 상징하는 키치들을 진열함으로써 질서의 세계를 상징한다. 하얀 색의 커튼, 청결한 가구들 역시 사회적 상승의 예를 보여준다. 이런 모든 것은 쿠포 부부가 마침내 진정한 생활 속에서 안정되어 감을 의미한다.

괘종시계 : 절제와 질서의 시간

과종시계를 사는 것은 세상에서 제대로 대우받으며 산다는 것을 의미한다. 노동자의 덕목(=근면)을 상징하는 시계를 제르베즈는 거의 종교적 의식처럼 매일 감고 닦는다. 시계 뒤에 그녀는 저금통장을 감추어둔다. 근검절약은 바로 시간의 근검절약이기도 하다. 과거에 아무렇게나 살았다면 그것은 노동과 휴식의 이상적인 균형을 따르지 않았기 때문이며 그런 점에서 그녀는 예전에는 시간을 잘 사용하지 못했으나, 지금의 그녀는 시간에 대한 모범적인 생각을 보이고 있다. 그녀에게는 오로지 일에 충실하는 것만이 중요하다. 그녀가 출산의 고통 속에서 그리고 출산 후에도 쿠포의 저녁식사를 제때에 준비하려고 안달하는 모습에서 그녀의 절제에 대한 신념을 볼 수 있다. 그러나 이런 시간의 통제성은 그녀의 또 다른 운명, 벗어날 수 없는 운명을 예고하고 있다. 시계 앞에서 시곗바늘을 뚫어지게 바라보던 제르베즈는 어떤 두려움에 사로잡히고 만다.

이 가정을 수호하는 두 가치인 노동과 절약은 불법적 가정의 쾌락과 소비와 대립된다. 랑티에가 돌아온 이후 제르베즈는 불륜과 이중 살림의 방종에 빠지고, 일하지 않고 놀기만 하는 랑티에와 쿠포 때문에 그녀의 빚은 갈수록 늘어만 간다. 제르베즈의 생활은 더 이상 노동의 시간을 따르지 않는다. 그녀는 이제는 먹고 마시는 쾌락의 시간에 따라 산다. 쿠포가 취해서 올 때마다 그녀는 랑티에의 방으로 간다. 노동에 대한 그녀의 신념은 점점 사라지고 세탁소 초기에 기계에 대해 가졌던 그녀의 정성과 애착도 없어져감에 따라 기계 역시 부서지고 망가진 채 방치된다. 도구들도 하나 둘 씩 전당포로 사라지고 제르베즈의 근검절약의 상징인 괘종시계마저 결국 전당포로 넘어간다. 괘종시계마저 사라진 날 제르베즈는 자포자기하는 마음으로 눈물을 흘린다. 그렇지만 어떤 점에서는 괘종시계가 내포한 가치들(근검과 절약)은 사실 부르주아들이 불안정한 노동자층을 길들이고자하는 가치들로써 이들의 몰락이 근검과 절약이 없었기 때문이라는 부르주아적 윤리적 담론을 엿볼 수 있는 부분이다.

기계와 철공소의 은유들

졸라는 건축물의 묘사에서 풍부한 대립 구조들을 발달시켜나간다. 2장에서 제르베즈가 방문한 로리예의 철공소와 구제의 철공소는 완전히 대립되는 특성들을 보여준다. 구제의 철공소가 하늘이 보이는 밝고 열린 공간이라면 로리예의 작업장은 아주 좁고 어두운 공간으로, 마치 하늘에 걸려있는 관(튜브)과 같은 모습이다. 구제의 작업을 통해 금속은 귀금속 같은 훌륭한 부품으로 변화되는 반면 로리예의 작업장은 금 대신 더러운 금속으로 가득 차 있다.

듣발이 금처럼 반짝이는 구제의 모습에서 신성한 대장장이의 모습이 보인다면, 더럽고 초라한 로리예의 모습에서는 사악한 난쟁이 모습이 배여 나온다. 구제가 온 힘을 들여 만든 작품을 제르베즈에게 바친다면 로리예는 제르베즈가 나갈 때 금 부스러기라도 묻히고 나갈까봐 그녀의 신발창을 검사한다. 제르베즈가 마치 불행의 시작처럼 결혼식을 알리러 로리에 집을 찾는다면 그녀가 구제를 찾는 것은 랑티에와의 불륜에서 벗어나기 위해 그에게 안식처를 구하기 위해서이다. 구제는 그녀에게 선한 신으로, 로리에는 그녀의 불행을 사주하는 사탄으로 나타난다고 할 수 있다.

졸라의 이런 대립적인 묘사는 마치 건물 구조를 생각하는 건축가(토목기사의 아들답게)의 모습을 보여주지만 졸라는 또한 건축가 못지않게 음악가라고 할 수 있다. 철공소라는 같은 주제이지만 어둠의 철공소와 빛의 철공소라는 대립 속에서 단순한 반복이 아니라 대립적으로, 또는 통합적으로 다성 음악의 차원으로 나아간다.

제르베즈가 구제의 철공소를 방문하던 날 제르베즈의 눈을 통해 묘사된 철공소는 흰색, 검은 색, 노란색, 붉은 색 등이 교묘히 사용되면서 빛과 어두움의 환상적인 세계를 만들어내고 거기에다 상징적 대립 체계가 구성되면서 신화적 가치가 부여된다. 색상의 오케스트라와 더불어 점점 들릴 듯 말 듯 사그라드는 미세한 소리, 기계 벨트들이 미끄러지는 소리, 금속이 내는 날카로운 소리, 리드미컬한 망치질 소리 등이 번갈아 사용되면서 독특한 분위기가 만들어진다. 당시 평론가들이 직업에 대한 정보를 토대로 세세한 묘사에만 치우친 빈약한 사실주의자라고 졸라를 비난한 것은 이런 졸라의 묘사를 충분히 이해하지 못한 데에서 기인한 것이다.

세탁물과 하층민의 냄새

더러운 세탁물 더미와 그 냄새는 적대적이고 전염적인 환경을 물질화한 것 이상으로 제르베즈의 육체에 해를 입히고 정신적으로 자포자기로 이끄는 행위자가 된다. 육체와 정신의 두 차원에서 제르베즈를 침몰시킨다고 할 수 있다. 온갖 세탁물은 육체의 환유적 담론으로써 옷주인들의 방탕과 타락의 이야기들을 전하고 이들 세탁물더미 속에 파묻혀 지내는 제르베즈의 삶 또한 이들의 타락의 이야기들에서 자유롭지 못하기 때문이다. 이 오염된 공기에 익숙해진 제르베즈는 조금씩 동물처럼 되어가고 인간의 존엄성을 만들어주는 꼿꼿한 자세와 노동의 감각을 잃어간다 : "팔과 목을 다 드러낸 채 바닥에 웅크린 그녀는 이미 쓰레기 더미에 익숙해져 어떤 혐오감도 느끼지 못했다."

이 환경에 대한 반응은 냄새나는 세탁물 더미 속에서 성적인 욕망을 느낀 쿠포와의 진한 입맞춤으로 나타나고 이 순간은 그들의 삶이 전락되기 시작한 최초의 순간을 암시한다. 지붕에서의 추락 사고 이후 점점 더 술에 취해 빈둥거리던 쿠포가 세탁소에 와서 세탁부들을 집적거리지만 제르베즈는 이에 대한 윤리적 거부감도 느끼지 않으며("별로 신경쓰지 않으며"), 음식과 술에 있어서도 절제를 잃어버리고 조금씩 탐닉하게 되며, 점점 괘종시계의 규칙적인 뻐꾸기 소리에도 무

신경해진다. 이런 제르베즈의 미세한 변화는 환경에 의해 전염되어 가는 주인공의 모습을 반영하고 있다.

그러나 세탁물 냄새는 하층민들에 대한 동정심에도 불구하고 졸라 자신과 이들과의 뛰어넘을 수 없는 거리를 보여준다. 좋아할 수 없는 냄새들과 편안하게 느껴지는 냄새들을 예민하게 구별해내는 졸라의 후각은 바로 그런 거리를 드러낸다. 이 시대는 또한 위생에 대한 개념이 선보이던 시기였고 피부의 숨쉬는 기능에 대한 연구도 나오던 시기였다. 널려진 더러운 세탁물들에서 올라오는 오염된 공기에 그대로 노출된 제르베즈의 모습에서는 위생학자 졸라의 불안을 엿볼 수 있다.

주제들

잠과 보금자리

잠의 주제는 텍스트 전체에서 반복되어 나타난다. 소설에서 처음으로 등장하는 사물이 바로 침대이다. 침대는 제르베즈가 무릎 꿇고 정성스럽게 닦는 세탁소의 기계만큼이나 신성한 사물이다. 잠은 제르베즈와 다른 인물들에게 일에 대한 보상으로 만족감과 행복을 부여한다. 그녀의 첫 번째 소망도 잘 수 있는 깨끗하고도 소박한 장소이다. 몰락한 가운데서도 그녀의 침대는 마지막으로 팔려나가는 물건이다.

잠의 주제와 연장선상에 있는 것이 구덩이(un trou)의 주제이다. '구덩이 하나, 잠잘 수 있을 정도로 조금 깨끗한 구덩이 하나만 있다면' 하고 되풀이 얘기되는 구덩이는 일종의 피난처에 대한 욕망이기도 하다. 모든 것이 불안과 두려움을 느끼게 만드는 이 위협적인 세계에서 그녀가 찾는 것은 바로 피난처이기도 하다. 구덩이와 피난처를 가장 잘 충족시킨 공간은 바로 세탁소이다. 조용하고, 온화하고, 불기로 따뜻한 곳, 그리고 인간적인 관계가 충만한 곳이 바로 이곳이었다. 구제뿐만 아니라 랑티에, 그리고 동네 사람들도 이곳에 와서 안락함을 맛보곤 한다. 제르베즈 자신도 바로 이곳에서부터 동네의 일원이 되며 친밀한 관계를 형성한다. 이런 인간적이고 사회적인 관계는 보금자리에 대한 꿈의 또 다른 형태이다. 친구들, 이웃들, 일에 둘러싸인 제르베즈는 행복하다.

그러나 그녀의 작은 보금자리는 곧 랑티에의 침입으로 위협받게 되나 그녀는 이곳을 지키려 하지 않고 다른 피난처를 찾아나간다. 그곳이 바로 구제의 철공소로 그녀는 거기에서 열기와 보호의 느낌을 가진다. 이런 도피는 잠과 구덩이에 얽혀있는 죽음의 이미지와 맞물려 그녀의 보금자리를 죽음의 피난처로 만드는 시작점이 된다. 그녀를 행복한 졸음으로 빠져들게 하는 음식들, 그녀에게 따뜻한 보금자리처럼 느끼게 만드는 더러움들을 통해, 보금자리에 대한 꿈은 역설적으로 계단 밑 좁은 창고에서 끝나며 한 지붕 아래 두 남자에게 소유되는 전락으로 끝난다. 소설은 인물들은 점점 더 무기력하도록 이끄는 이런 피난처들의 이야기이며 어떤 대가를 치

르더라도 유예와 만족을 찾아서 평화를 찾아가는 이야기이
다. 안락에 대한 꿈은 죽음의 평화로 끝나면서, 결국은 관-
상자에서 영원한 잠으로 끝나게 된다. 잠과 죽음의 유사성은
7장에서 그녀가 동네사람들을 초대한 파티에서 부르는 노래
에서도 느낄 수 있다[12]. 그러나 그녀의 이야기가 막을 내린
후 그녀의 죽음은 미래에 대한 교훈처럼 울리며 노동 조건에
대해 질문이 시작된다고 할 수 있다.

닫힌 세계와 불가능한 탈출

제르베즈의 세계는 도살장과 병원으로 경계지어져 있다.
졸라는 도살장이라는 장소를 상징적으로 사용하기 위해 그
시대에는 이미 없어졌지만 소설에서는 그대로 사용한다. 왼
쪽으로 도살장, 오른 쪽으로는 아직 건축 중이라 휑하니 비어
있는 창문들로 괴물같이 보이는 병원, 그리고 앞에는 끝없는
푸아소니에르 회색 벽으로 막혀있다. 여기서 저 멀리 보이는
휘황찬란한 파리 시내의 풍경은 마치 사막으로 분리되어 있
어서 갈 수 없는 곳으로 비처진다. 이처럼 제르베즈의 삶은
완전히 닫혀진 세계라는 상징적이고 신화적인 세계에서 이
루어지며 그 세계의 규칙에 따르게 되어있다. 그녀는 떠날
수 없는 곳에서 도살당하는 운명으로 결정되어 있다.
제르베즈의 다양한 주거지의 이동 과정도 이런 닫힌 세계

를 상징하고 있다. 결국 구트 도르의 공동 거주지 7층의 좁은 아파트와 브뤼 영감의 층계 밑 골방에서 그 여정이 끝나듯이 제르베즈의 공간은 출구 없는 상황에 갇혀버린 것을 강조하듯 점차 줄어들고 여주인공을 옥죄인다. 이렇듯 그녀의 행동반경은 점점 더 좁아지고 마지막은 바주즈 영감이 그녀를 매장하는 구덩이가 된다.

그녀를 옥죄는 것은 공간뿐만이 아니다. 주변의 인물들 역시 그녀를 주시하고 감시한다. 그다지 많지 않은 조연급 인물들은 모두 서로 잘 알고 있고 서로를 감시한다. 제르베즈는 그녀를 몰아가는 이들 호기심과 질투어린 눈길들의 중심에 놓여있다. 공동 세탁장의 군중들, 동네사람들이라는 익명의 군중들은 그녀를 지켜보고 그녀에 대해 평가하나 우호적이기 보다 대체로 적대적이다. 제르베즈는 이들 사이에서 인간적 관계를 만들고자 하지만 실패한다. 결국 그녀의 운명은 동네 소문대로 되어간다.

이곳을 떠나려는 인물들의 시도는 우스꽝스럽게 끝나거나 죽음으로 끝난다. 제르베즈의 결혼식 날 구트 도르를 떠나 파리로 가는 이들의 행렬은 우스꽝스러워 사람들은 가던 길을 멈추고 이들을 호기심어린 시선으로 보면서 웃고 있다. 이들이 루브르 박물관을 방문했을 때도 사람들이 몰려와 이들의 행렬을 구경하고 결국 이들은 박물관 안에서 나갈 길을 잃어버리고 헤매게 된다. 제르베즈가 구트 도르를 벗어나 파리에 들어가는 경우도 정신병원에 있는 쿠포를 방문할 때뿐이다.

떠날 수 없는 이들이 도피하는 인공낙원이 바로 알코올이다. 그러나 이 길은 쉬운 타협의 길이기 때문에 더욱 더 이들을 불행으로 몰고 갈 뿐이다. 우선 알코올은 인공낙원의 생명수처럼 피곤한 기계에 기름칠을 하는 용도이다. 구트 도르를 직역하면 '금방울'의 의미를 가지며, 이 거리 자체가 거대한 목로주점임을 상징하고 있다. 여기서 알코올은 피를 대신한다. 처음에는 힘을 돋우어주지만 갈수록 알코올은 사람들을 동물적으로 변모시킨다. 사람들 속에 깊이 잠든 야수성을 일깨우며 미치게 하고 죽음으로 이끈다(비자르의 난폭함과 쿠포의 광기에서 볼 수 있듯).

적대적 세계

이들이 사는 공간은 적대적 관계에 놓여 있다. 매일 아침이 가축 떼들을 '삼키는 파리'라는 표현에서 먹고 먹히는 적대관계가 암시된다. 웃음기 사라진 파리한 얼굴로 파리 시내로 끊임없이 들어가는 노동자들의 행렬은 파리 안으로 삼켜지고 침몰되는 물결의 이미지, 매몰의 이미지를 보이는 동시에 이들 또한 파리 안으로 범죄와 쾌락을 안고 흘러 들어가는 침입의 이미지를 보인다. 노동자들의 휴식처인 주점들의 휘

황찬란한 불빛과 넘쳐흐르는 술은 절약과 절제의 부르주아
적인 윤리와는 양립할 수 없는 소비와 쾌락의 장소이기도 하
다. 파리를 침몰시킬 정도로 넘쳐흐르는 술의 이미지는 노동
자들을 외곽으로 몰아냈지만 파리를 포위한 "야만인"처럼
위험한 계층으로 느끼고 있는 부르주아들의 두려움을 나타
낸다. 그런 점에서 이곳은 부르주아들에게 두려움을 주는 곳
이며 노동자들은 외곽으로 쫓겨난 자들인 동시에 언제나 침
입할 수 있는 위협적인 이방인들이라고 할 수 있다. 파리와
노동자들 간의 경계(푸와소니에르 성벽)가 있는 이상 평화가
있겠지만 이 경계는 언제 무너질지 모르는 약한 경계이다.
이들은 대립적 관계 속에서 서로 침투되고 공격될 수 있는 위
험을 가지고 있다.

제르베즈의 결혼식 날 문화와 부를 상징하는 루브르 박물
관을 방문한 결혼식 하객들이 그들에게 낯설기만 한 이 곳에
서 함정에 빠진 듯 지리멸렬 헤매는 모습 역시 먹는 자와 먹
히는 자들의 힘의 우열 관계를 보여준다. 이곳은 그들을 두렵
게 만드는 신전같다. 일하는 방식에서도 이런 적대관계를 볼
수 있다. '시간은 돈이다'의 자본주의는 철저한 시간 관리로
노동자들의 노동을 제압하려 드는 반면 이에 대항하는 노동
자들의 전략은 바로 만만디이다. 시간을 가운데 두고 자본주
와 노동자는 먹고 먹히는 관계 속에 놓인다. 제르베즈가 세탁

소를 내기 위해 가게 내부를 고칠 때, 빈둥거리면서 여주인의 애를 태우던 일꾼들이 언제 그랬냐는 듯이 단번에 일을 끝내는 일화도 시간을 통한 이들 노동자들의 투쟁 방식의 일면을 보여준다. 현대에 와서 노동의 시간과 공간은 자본주의 손에 있지만 그 당시에는 노동자와 자본주 사이에 노동의 시간과 공간에 대한 밀고 당김의 보이지 않는 다툼이 존재했다.

이런 적대적 관계의 막강한 힘의 또 다른 표현은 초현실적인 힘의 존재이다. 콜롱브 영감의 증류기는 마술사처럼 무시무시하게 보인다. 제르베즈는 그 기계 앞에서 자신을 노리면서 공격할 것 같은 짐승과 마주친 듯한 환상을 느낀다. 인간은 어떤 것도 할 수 없는 그 무시무시한 힘 앞에서 빠져나갈 수 없는 무력감을 느낀다. 기계뿐만 아니라 집도 제르베즈를 무섭게 한다. 군대 막사 같기도 하고 감옥 같기도 한 노동자들의 공동 거주지인 커다란 아파트 앞에서 제르베즈는 마치 자신이 잡아먹히기라도 한 듯 두려움을 느낀다. 자그마한 행복을 찾아 구트 도르로 이사 온 제르베즈에게 보이는 것은 바로 위협으로 가득 찬 삶이다.

청결함과 불결함의 세계

청결함과 불결함은 이야기 속에서 풍부한 의미를 가진 대조법의 두 어휘이다. 자신의 텍스트 속에서 졸라는 전염의 법칙을 드러내고자 한다. 졸라가 선호한 '환경에 의해 결정되는 개인들'이라는 이론은 청결함과 불결함을 오가는 제르베즈의 여정을 통해 증명되어진다. 제르베즈가 세탁부라는 것도 이 여정의 중요성을 담고 있다. 1장의 공동세탁장에서의 결투도 일종의 청결 의식이라고 할 수 있다. 구트 도르의 푸른 세탁소도 더러움을 이긴 청결의 승리를 노래한다. 그러다가 점점 더 동네의 더러운 세탁물에 의해 점령되고 전염되어가듯이, 동네의 모든 소문들을 펴 놓는 온상이 된 가게는 정신적 전염과 부패를 의미한다. 청결에서 멀어지면서 제르베즈의 삶은 되는대로 내던져진다. 신체적 불결은 정신적 쇠퇴를 의미한다. 그런 점에서 구트 도르의 더러움과 부패를 강조하는 묘사는 의미가 있다.

구트 도르의 대부분의 공간은 회색빛, 검은 빛의 때나 먼지에 찌들어있거나 포도주의 흔적들, 정육점 주인의 앞치마에 묻은 핏자국들로 넘쳐난다. 끈적거리는 기름기, 질퍽거리는 진흙, 곰팡내, 눅눅함은 복도, 아파트, 보슈네의 수위실, 제르베즈 결혼식 하객들이 식사하는 식당에 넘쳐나고, 심지어는 센강조차도 채소 쓰레기, 낡은 옷 뭉치, 기름진 수건들이 흘러간다. 사람들은 질퍽한 진흙탕에서 서로 엉기듯이 이곳에서 살고 있다. 도로들은 검은 흙먼지를 내며 비라도 오는 날이면 온통 진흙탕으로 바뀐다. 찌든 때나 진흙탕은 인물처럼 움직인다. 제르베즈가 처음 살았던 봉쾨르 여관의 가구들에는 거리의 더러움을 그대로 반영하는 듯 때와 먼지로 얼룩져있다. 거리의 진흙들은 바짓가랑이에, 벽들에 고스란히 그 자국을 남긴다. 이것들은 이렇게 사람들을 공격하고 이들을 ‘쓰레기’처럼 후줄근하게 만들어버린다. 그리고 그것은 육체적 차원에서뿐만 아니라 정신적 차원에서도 변모시킨다. 제르베즈의 세탁물에서 올라오는 역한 냄새는 그녀의 가장 동물적인 본능을 자극하고 결국 쿠포가 침대에 토한 오물은 제르베즈를 전락(간통)의 길로 몰아간다. 더러움을 깨끗이 빨려는 세탁부 제르베즈의 희망, 구트 도르의 청결한 방과 하늘처럼 푸른 세탁소는 일시적인 꿈일 뿐이다. 아니 오히려 그 동네에 어울리지 않는 예외적인 존재로 보여 사람들은 거리감을 느끼고 비웃고 싶어 한다.

청결함은 제르베즈에게 언제나 경이로운 대상이다. 구제의 집은 너무나 깨끗해서 존경스러운 마음이 들게 하지만 처녀의 방처럼 깨끗한 구제의 방은 수도사의 방 같고 무덤 같기도 해서 그녀에게 닿을 수 없는 거리를 느끼게 한다. 어린 엄마 랄리의 청결함은 그녀를 잠시 반성하게 하지만 결국 더러움이 제르베즈를 이긴다. 그녀가 마지막으로 기거했던 7층의 방은 쓰레기 더미 자체이고 그녀도 누더기로 보일 지경이다.

불

　『목로주점』은 불, 물과 같은 세상의 기원이 되는 물질적 요소들이 드라마를 상징적으로 이끌어간다고 할 수 있다. 불, 물, 흙, 공기라는 이 4요소가 인간의 4가지 기질과 관계가 있다고 보는 가스통 바슐라르는 졸라의 작품세계에서 풍부하게 존재하는 불의 이미지를 통해 그의 기질의 특성을 분석하고자 한다. 불의 기호로 꿈꾸는 사람과 물의 기호로 꿈꾸는 사람은 기질상에서 분명한 차이를 보이기 때문이다. 『파스칼 박사』에서 앙투안 마카르 삼촌이 일생동안 마셔온 술로 재만 남기고 완전히 연소되는 장면은 불로 나타낼 수 있는 극도의 예찬이라고 바슐라르는 말하고 있다. 이런 장면에는 육체를 완전하게 태워버릴 수 있는 뜨거운 불길에 대한 졸라의 무의식적 염원이 담겨 있는지도 모른다. 바슐라르의 이런 해석은 졸라의 상상계에 대한 새로운 접근의 길을 제시하고 있다.

　헤밍스는 졸라의 작품에 나타난 불의 의미에 대해 질문하면서 졸라의 불은 파괴적인 질투의 불, 부정함을 태우고 다시 시작하게 만드는 정화의 불, 일에 헌신하게 하는 열정의 불 등이 다양하게 존재한다고 밝히면서 졸라의 소설 세계에서 불을 다루는 대장장이라는 인물들의 상징적인 중요성을 설명한다. 미셀 뷔토르는 앙투안 마카르가 완전 연소되는 것은 사회라는 몸에서 기질이 순환되는 것에 대해 생각하게 만든다고 본다. 사생아 마카르가의 알코올-불은 적자 루공가의 피의 역할과 같다. 소모성 알코올과 피와 대립적 관계에서 순환되고 있는 것이 바로 대지를 키우고 병을 치유하는 기적의 물이다. 졸라의 분신인 파스칼 박사의 자료들은 술과 피로 인한 나쁜 순환을 벗어나게 하는 물과 우유의 유익한 순환을 상징한다. 졸라의 상상계를 새롭게 분석하는 이런 글들은 졸라의 소설세계를 다각도로 새롭게 보려는 시각을 발전시키며, 이후 졸라의 소설세계를 숫자, 동물적 은유, 지하, 피난처, 미로, 창문, 시선, 물, 색채 등 다양한 주제에서 접근하는 비평들이 증가한다.

　－ 불의 상징 : 철공소의 불과 세탁소의 불

　불은 가정의 불과 같이 노동의 신성함과 사랑으로 순수하게 만드는 긍정적인 불의 모습이 있는 반면 기계들에서 나오는 불로 뜨거워진 세탁소의 열기처럼 제르베즈의 욕망을 부추기는 불도 있다. 노동자들은 태워버리는 알코올 또한 물로 된 불이라고 할 수 있다. 『목로주점』은 불, 물, 대지, 공기와 같은 세상의 기원이 되는 물질적 요소들이 마술적 면을 가지고 드라마를 이끌어가는 우주생성론적 드라마라고 할 수 있다.

　5장에서는 철공소의 불, 증기기관의 불, 기계의 불 등 온갖 불이 등장한다. 철공소의 불과 세탁소의 불, 이 두 가지 양상의 불은 대립적이다. 철공소의 불은 건조한 불로 간통으로 가는 길을 막아준다면 제르베즈 세탁소의 불은 습하고 숨 막히게 하며 전락을 부추기는 불이라고 할 수 있다. 물도 불과 마찬가지로 순수하게 만들기도 하고 부패시키기도 하는 양면성을 가지고 있다. 더러운 속옷을 깨끗하게 만들고 다림질하면서 완성시켜가는 제르베즈는 철공소의 구제만큼이나 긍정적인 변화를 이끌어내는 것 같아 보인다. 그러나 땀을 비오듯 흘리게 하는 사우나 같은 세탁소는 금방 썩는 냄새를 풍기게 된다. 여기에서 나누는 소문들, 야릇한 이야기들, 그리고 비르지니가 은근히 전해주는 랑티에의 이야기를 통해 점점 제르베즈의 내면에는 욕망의 불길이 일어난다. 세탁한 옷들에 얼룩이 남듯이 철저하고도 완벽한 세탁을 자랑하던 제르베즈의 작업장은 조금씩 변질되고 그녀는 쉽게 빚을 내고 돈을 꾼다.

그러나 구제의 철공소 불 앞에서 제르베즈의 욕망은 순수해지고 그녀의 관능적인 욕망은 숭고한 방식으로, 즉 정신적으로 충족된다. 제르베즈에게서 육체의 무게에서 벗어난 정신적 사랑(제르베즈와 구제)과 관능에 굴복한 사랑(제르베즈와 랑티에)의 대립을 볼 수 있다. 졸라는 심리분석가 이전에 순환에 대한 직감을 가지고 있다. 철공소로 그녀를 이끌었던 육체적 나른함, 즉 그녀의 육체적 욕망은 구제의 규칙적인 작업의 리듬 앞에서 정화되고 진정된다. 제르베즈가 철공소에서 구제의 작업을 지켜보면서 구제와 정신적으로 하나가 되는 장면은 탁월한 에로티시즘의 한 장면이라고 할 수 있다.

자연

초록빛이 주는 생명, 힘, 희망의 상징인 자연은 『목로주점』에는 배제되어있다. 제르베즈가 쿠포와 결혼한 후 구트도르의 뇌브 가에 살게 되었을 때, 그녀는 창문에서 보이는 앞마당의 나무에 황홀해한다. 제르베즈가 구제를 만나 목가적이고 순정적인 사랑을 느낄 때, 햇빛 아래 말라비틀어진 채 죽어있는 초원의 조그만 나무는 이들의 희망과 변화의 의지를 상징하는 동시에 순수함이 덧없음을 상징한다. 그 때 그녀의 눈에 뜨인 말뚝에 매인 채 빙빙 돌며 음매거리는 염소는 바로 그녀의 삶을 상징하고 있다. 그녀는 구제와 함께 떠날 수 없으며 그렇게 그 장소에 매인 채 도살될 순간만을 기다린다고 할 수 있다.

동물에 대한 은유

『목로주점』은 파리 시내로 일하러 들어가는 노동자 무리들로 시작해서 일을 끝내고 나오는 이들에 대한 묘사로 끝난다. 이들은 말과 소 같은 짐바리 짐승들처럼 보인다. 제르베즈도 염소, 마소, 노새로 자주 비유된다. 그녀의 소망은 둥지며 음식물이지만 이 표현(la niche 와 la pâtée)의 직접적 의미는 개집이고 사료이다. 이 표현은 되풀이 나타난다. 이밖에도 많은 인물들이 동물들로 비유된다. 그들이 사는 환경에서 사람들은 동물로밖에 보일 수 없었기 때문일 것이다. 이곳의 사람들은 자신들을 삼키고 결국 도살장에서 삶을 끝맺게 하는 환경에서 벗어날 수 없다. 힘든 노동 끝에는 죽음만이 남는 짐승들의 삶은 이 소설이 노동자들이 일터로 떠났다가 돌아오는 장면으로 끝나는 데서도 상징되고 있다.

배고픔과 진수성찬의 의미

비참의 세계인 이곳에서 배고픔의 주제는 끝없이 나타난다. "맛있는 것을 살 만큼 돈을 벌었을 때 감자 껍질을 먹는다는 것은 정말 바보 같은 일이라구."라고 말하면서, 먹을 수 있을 때 실컷 먹는 것은 일종의 설욕전이고 악의 추방 의식이다. 또는 어떻게든 지게 될 불평등한 싸움에서 우위를 점하려는 무의식이다. 가장 기억날 만한 먹는 장면(결혼식 피로연, 제르베즈의 동네 잔치, 나나의 첫 영성체식)의 순간은 바로 소설의 리듬과 연결된다.

그러나 식탐이 강해질수록 세탁소는 찌들어간다. 결국 식탐은 게으름, 자기만족으로 나아가면서 일은 멀어지고 돈은 부족하게 된다. 이제 제르베즈에게는 하루 세끼 식사를 하는 것이 관건이 된다. 이런 무기력은 주변 환경(쿠포와 랑티에의 이기적 식탐과 돈의 낭비)으로 인한 것이지만 심리적 육체적 몰락을 동반한다. 소설 초반에 제르베즈는 세탁소나 자신의 집에서 모든 더러움을 열성적으로 제거하고 청결을 유지하지만, 그녀의 타락과 함께 점점 더 살이 붙는 가운데 제르베즈는 조금은 더러움 속에서 어떤 편안함을 느끼기까지 한다. 기름기와 때는 배고픔에 대한 그녀의 두려움을 완화시키는 부정적 보호막의 중요 요소이다.

 − 진수성찬의 의미

6장에서는 노동의 장면이 풍성하게 펼쳐진다면 7장에서는 쿠포네가 모든 재산을 털어 넣는 파티의 장면이 그 자리를 대신한다. 그러나 잔치는 대립관계의 기호이기도 하다. 마르셀 마우스의 증여론에서 설명한 포틀래취의 장면이라고 할 수 있는 향연에 대한 시각이 바로 졸라의 분석 하에서 예견되고 있다.

마우스는 원시사회가 과도하게 향연을 베풀거나 자신의 재산을 파괴하는 행위들은 그 대가로 자신의 상징적 힘을 인정받기 위한 것이라고 말한다. 제르베즈가 이웃들에게 베푸는 향연도 바로 이와 같은 맥락에서이다. 이들이 음식을 포식하고 나누는 장면이 동네 사람들에게 공개되면서 이들의 사회적 관계의 풍요로움을 모두에게 과시하는 효과를 낸다. 특히 음식을 요리할 때나 먹을 때 커튼을 치고 혼자 먹는 지나치게 인색한 로리에 부부를 겨냥한 이 향연은 사회적 힘이 나눔(=음식 나누기)과 사회적 관계에서 온다는 가장 원초적인 생각을 보여준다. 물론 이런 흥청거리는 파티가 제르베즈의 몰락을 앞당기기도 하지만 이 또한 비참에 대한 하층민의 도전과 반항이기도 하다. 유럽인들은 카니발 기간 중 며칠동안 고기를 삶는 냄새를 풍부하게 냄으로써 악마를 쫓아낸다고 믿는 전통이 있는데 이는 풍요로움이 악마를 물리칠 수 있다고 보기 때문이다. 사실 먹는 행위는 하층민의 연장이라고 할 수 있다. 우선 먹고 사는 일을 해결해야만 하는 이들에게 먹는 것은 가장 중요한 일이다. 졸라는 처음에 마카르라는 이름 대신에 machart를 생각했었는데 이는 mâcher(씹다)의 의미를 가지고 있다. 제르베즈는 마카르 계의 후손이다.

희생 제의로서의 잔치

　제르베즈가 동네사람들을 초대한 잔치에 쓰인 거위는 가장 크고 실한 거위로 엄청난 양의 석탄이 필요했던 만큼 이 굽는 행위는 희생제 혹은 번제의 면모를 띠고 있다. 구워진 커다란 거위를 경건하게 들고 가는 제르베즈와 그 뒤를 따르

는 여인들, 나지막하게 경탄하는 손님들의 모습들은 제사의
모습을 반영하고 있다. 그러나 풍부한 가슴과 배, 보드랍고
뽀얀 살색, 노릇한 껍질을 가진 거위라는 희생제물이 상징하
는 것은 바로 제르베즈 자신이기도 하다.

　손님들이 각자 거위에서 자신을 의미하는 부분을 택하는
것도 상징적이다. 공동 세탁장에서 제르베즈에게 온 몸을 얻
어맞았던 비르지니는 거위의 껍질을 택한다. 쿠포는 부러진
다리를 상징하는 다리를, 성적으로 방탕한 클레망스는 꼬리
부분을, 르라 부인, 보슈부인, 퓌투아 부인은 뼈들을 뜯고 있
으며 통통하게 살이 오른 제르베즈는 엄청난 식탐 속에서 마
치 자신을 먹어 치우듯 가장 살이 많은 부분을 차지한다. 로
리예 부부는 제르베즈를 망하게 할 수 있다면 접시, 탁자, 가
게라고 삼키고 싶어 하듯이 먹어치운다. 이 식인들의 연회에
서 남겨진 뼈들은 옆집 고양이가 밤새도록 날카로운 이빨로
갉아먹어 치우는 바람에 남김없이 치워진다.

　소 한 마리를 다 먹어치우는 라블레의 거인 팡타그뤼엘처
럼, 이들이 먹고 마시는 양은 인간의 범주를 넘어선다. 센강
의 강물처럼 식탁에 넘쳐나는 포도주는 이들이 일종의 식인
거인족임을 의미한다. 로리예 부부를 만나러 갔을 때 제르베
즈가 무서워하자 쿠포는 그녀에게 잡아먹지 않을 테니 들어
오라고 말한다. 제르베즈의 즐거운 식탐은 이들에게 잡아먹

히지 않은 데서 오는 잠시 동안의 취기 어린 즐거움이라고 할 수 있다.

하층민의 의식과 문화

한 여성 노동자의 일생에서 만날 수 있는 시간들은 단순한 일상적인 시간들과 분기점을 이루는 특별한 그러나 전형적인 삶의 시간들을 보여준다. 노동자들이 일터로 가는 모습과 돌아오는 모습들, 오후의 용무, 다양한 직공들의 일하는 모습, 세탁하는 모습, 술집에서의 만남 등 이런 일상의 장면들 사이사이에 결혼식, 나나의 탄생, 쿠포 마나님의 죽음과 장례식, 나나의 첫 영성체식, 축일 기념 파티와 같은 특별한 순간을 보여주고 있다. 그러나 이런 장면들은 사실적인 재현으로써만 사용되는 것이 아니라 이야기 전개와 밀접하게 연결되어 있다[13].

– 노동자들의 생활방식

19세기 부르주아들은 나름대로의 생활양식을 갖고 있었다. 부부와 아이들을 중심으로 긴밀한 관계를 형성하고자 했다. 그러기 위해서는 주거공간들은 사적 공간이어야 했다. 부부 침실은 대체로 두꺼운 벽지들로 발라져 있어 특히 내밀한 공간이 되었다. 육체적인 생활이나 임신에 대해서는 공개적으로 말하지 않았으며 출산 장면은 아이들에게 보여주지 않았다. 반면 모두 한데 뒤섞여 살고 있었던 노동자들의 생활방식은 이들의 상상 속에서 불안한 환상을 불러 일으켰다. 그들은 혼거생활로 모든 소리들을 듣고 자라서 조숙하게 될 아이들에 대해 염려했다. 나나는 제르베즈가 랑티에의 방으로 들어가는 것을 목격한 후부터 그 방을 훔쳐보게 된다. 졸라는 『살림』에서 겉만 고상하고 속은 곪은 표리부동한 부르주아들을 폭로하지만 여기서는 그 역시 노동자들의 다른 생활 방식에 매료된다. 랑티에를 집으로 데려온 쿠포는 노동자들의 우정을 과시하면서 부르주아들의 윤리관은 무시한다고 말한다. 그의 이런 주장은 자신이 결국 가정을 지키지 못한 무능한 오쟁이 진 남편이라는 점에서 부정적으로 평가된다고 할 수 있다. 사실 이런 동거는 그 당시 사회의 가장 기본적인 규칙들을 무시한 것이다. 처음에 제르베즈가 랑티에가 동거한 것도 시골에서는 허용된 것이나 그 당시 사회의 규범을 심각하게 훼손한 것이다. 세대가 한 방에서 함께 사는 것이나 이방인 나아가 전 동거인을 가정에 불러들인다는 것은 부르주아들에게는 이해할 수 없는 행동이었다.

제르베즈와 쿠포는 처음에는 부부로서의 완벽한 생활모습을 보이지만 위험한 독신남에게 자신의 가정을 제공하면서 다시 혼거생활로 돌아간다. 졸라나 많은 이들은 노동자

가정이 간통의 유혹에 빠지면서 붕괴될 위험이 있다고 본다. 그러나 사실 더 두려운 것은 남자 혼자 사는 경우이다. 시골서 상경한 이들 독신 노동자 계층은 위험한 계층으로 간주된다. 이런 상황에서 노동자 부인이 같이 사는 다른 독신 남자의 정부가 되는 것은 오히려 부르주아들의 불안을 덜어주는 동시에 자신들의 책임은 회피하면서 다른 이들을 벌주는 이중적 윤리관을 내포하고 있다.

– 결혼식

3장은 제르베즈의 결혼식과 일상의 모든 일들에 전적으로 할애된 장이다. 결혼식 일화는 서민 문화를 살펴보기에 아주 적합한 도구가 된다. 졸라는 이 장을 통해 위젠 쉬의 주인공들을 통해 굳혀진 이미지들을 뒤흔든다. 『파리의 신비들』이라는 멜로드라마적인 연재소설에서 쉬는 서민들을 다른 세상 사람들로 본다. 즉 반대 쪽 사람들, 밤의 사람들, 범죄와 형무소의 사람들 아니면 인자한 구원자나 순수한 마음을 가진 창녀와 같은 인물들을 그린다. 발자크의 『레미제라블』도 혁명적인 도약과 밤의 퇴폐문화에 젖는 이중의 얼굴을 가진 제 3계급을 통해 낭만적인 이국주의를 보여준다. 졸라는 이런 수상한 도박장이나 주인공 없이도, 서민들의 간단한 결혼식을 통해 서민문화를 드러내고 고급문화와의 거리를 보여주는 데에 성공한다.

우선 결혼은 통합의 의지이다. 제르베즈는 쿠포와의 결혼을 통해 새 가정, 새 동네, 새로운 장소들에 통합된다. 플라쌍이라는 시골에서 막 파리로 상경한 시골 아낙네이며 결혼도 하지 않은 채 두 아이의 엄마가 된 그녀는 어느 모로 보나 외지인, 주변인의 신분이다. 그녀가 결혼해서 구트 도르에 살게 되고 가게를 얻게 되면서 진정으로 한 사회에 통합된다. 그녀가 돈이 없으면서도 결혼피로연을 하고 모두와 함께 식사를 하는 것은 일종의 입회의식이다. 그러나 그것은 약간은 우스꽝스럽기까지 하다. 사실 진정한 입회 의식은 7장에서 제르베즈가 베푸는 축일 축하 파티인 동네잔치가 될 것이다.

제르베즈는 지나친 소비를 싫어했지만 쿠포는 예의라는 것을 내세워 결혼식 피로연을 강행한다. 함께 식사라도 하지 않고서는 결혼할 수가 없다고 말하는 쿠포를 통해 내밀한 관계가 집단 앞에서 인정받는 방식을 볼 수 있다. 이들은 절약하고 돈을 빌리기도 하면서, 또 결혼식 하객들이 얼마를 부담하는 이상한 방식으로 모자라는 피로연 비용을 마련한다. 결과는 역설적으로 소비도 없고 지나침도 없지만 즐거움도 없는 피로연이 된다. 소모용 축제와 절제라는 어울리지 않는 두 원칙은 그녀가 자신의 예복을 마련할 때 죽은 여자의 옷을 수선해서 입지만 짧은 비단 케이프를 사는 '미친 짓'을 저지

른다는 부분에서도 나타난다. 잘 알지도 못하는 사람들을 하객들로 초대하는 것이나 가톨릭을 전혀 믿지 않는 쿠포가 신부와 미사비를 깎기 위해 실랑이를 벌이면서까지 성당에서 식을 올리는 것 모두 관습에 따르는 모습이다.

이 부부가 시청과 교회에서 결혼식을 하는 모습은 지배 문화와 이들의 규범 그리고 서민과의 관계를 적나라하게 드러낸다. 시청의 높은 천장과 엄숙해 보이는 벽들은 이들을 주눅들게 하고 언제 무릎을 꿇고 언제 일어나고 언제 앉아야 될지를 몰라 이들을 당황하게 하는 미사의 여러 의식들은 이들과 지배문화와의 괴리를 드러낸다. 이들이 느끼는 모멸감은 이들이 모든 의식이 끝난 후 내뱉는 욕과 농담을 통해서 상쇄된다. 기도문을 입안에서 우물거리며 속사포로 성의 없이 결혼식 미사를 진행하는 신부나 돈만 챙기는 시장을 통해 졸라는 지배문화에 대해서도 비난하고 있다.

서민층이 의식들에 대해 잘 모르는 데에서 어떤 문화적 괴리를 드러낸다면 이런 거리감은 옷 입는 방식에서도 너무나 크게 드러난다. 18세기와 19세기는 간결함이 돋보이는 검은색 옷이 중요했다. 즉 체면 유지에 필요한 점잖음, 신중함, 명석함, 절도라는 가치들을 보여주는 검은 색이 이 시대의 색깔이었다. 그런데 보슈의 노란색 바지는 이 시대에서는 너무나 두드러지는 색상이다. 게다가 옷을 어떻게 입는지 안다는 것은 각 상황에 따라 적절한 옷을 입을 줄 안다는 것이다. 검은 옷은 여식에 필요하고 프록코트는 낮 동안의 일상생활을 위한 약식 정장이며 짧은 저고리는 산보에 알맞다. 그런데 하객들이 걸어갈 때 이들의 다양한 복장과 색상은 결혼식 하객의 복장으로는 전혀 적합치도 않을뿐더러 어울리지 않은 색상(쿠포 마나님의 초록색 숄과 검은 보넷 모자, 붉은 색 리본)등은 이들의 행렬을 우스꽝스럽게 만들고 있다. 이들이 루브르 박물관을 방문했을 때 그 우스꽝스러움은 절정에 이른다.

― 하층민과 예술

졸라의 문학세계를 분석하는 이들에게 가장 많이 애호되는 루브르 박물관 방문 장면은 3장의 중심이 되는 일화는 아니었다. 사실적 재현이라는 이 장면은 상징적이고 이데올로기적 가치들로 가득 차있다. 실제 결혼식 하객인 노동자들이 보는 그림들은 이들 자체를 가리키기도 하며 이들의 이야기, 이들의 조건들을 암시해준다. 졸라는 이 장면을 통해 서민과 예술, 박물관이 얼마나 동떨어진 관계인지를 적나라하게 드러내고자 하며 이 그림들을 감상하는 이들의 미학적 관점을 통해 노동 조건을 진지하게 반추시키고 있다. 이를 위해 졸라는 아주 신중하게 제르베즈의 하객들이 전혀 이해하지 못하는 그림들을 선택한다. 이들의 생각은 부르주아적인 취향에 대해 의문을 제시하는 동시에 졸라 자신이 옹호한 인상주의 화가들을 거부한 기성화단의 지배적 개념들을 비판하면서 인상주의 그림들에 정당성을 부여하기도 한다.

현대 세계의 야만인들인 이들 하객들은 자신들에게는 낯선 문화와 마주하면서 성상파괴적인 모습을 보인다. 그들에게 예술이란 국민적 감정의 유대가 아니라 배제된 계층의 표현일 뿐이다. 예술의 가치는 이해되지 못하고 천박한 농담으로 조롱되어진다. 마디니에 씨는 이들보다 조금 더 안다는 이유로 『감정교육』에서 튈르리 궁을 침입한 서민들보다는 덜 야만적으로 보이는 하객들을 이끄는 선생이 되고 마치 교회에나 온 것처럼 나지막한 소리로 설명한다. '모나리자', 무리요의 '수태고지의 성모마리아', 루벤스의 '수호성인 축제'는 루브르의 가장 중요한 작품들로서 문화 자체를 지칭하나 뭐가 뭔지 혼란스럽기만 한 하객들은 엄청난 두통을 느끼며 완전히 지쳐버린다. 이들 하객들은 하층민과 예술 사이에 존재하는 단절을 보여주면서 박물관을 만든 제도와 이들의 이데올로기에 크게 손상을 입힌다.

하객들은 본능적으로 '메두사의 뗏목', '가나의 혼인잔치', 즐거운 나부들과 육체들처럼 자신들의 삶과 비슷한 그림들 앞에서 멈추어 선다. 졸라가 이 그림들은 선택한 것은 이 그림들이 소설의 이야기나 인물의 의미를 반영하기 때문

제로코의 〈메두사의 뗏목〉

이다. 이들이 구경한 루브르 박물관 그림들이 배고픔과 죽음으로 시작해서 잔치로 끝난다는 점에서 방향은 거꾸로 이지만 바로 제르베즈의 운명을 말하는 흥미로운 삼투압 현상을 보여준다. 특히 조난된 자들의 비참한 모습을 그리고 있는 '메두사의 뗏목'과, 향연을 그리고 있는 루벤스의 '수호성인 축제'는 하층민의 비참과 즐거움의 신화적 표현이며 상징이 된다.

가난한 이들의 불행을 신화적으로 표현한 제리코의 '메두사의 뗏목'은 당시의 보수주의자들만큼이나 서민들도 이해할 수 없다. 살아남기 위해 시체들을 먹을 수밖에 없었던 조난자들이라는 드라마틱한 이야기 속에서 화가는 서로 얽혀

있는 벗은 몸들, 썩어가는 살과 같은 당시 지배적 문화가 금지하거나 감춘 것(육체와 죽음)들을 드러낸다. 건강한 사람들 앞에 썩은 시체를 과감히 그리면서 기존 미학들의 속박을 거부한 제리코를 통해 졸라는 저항만을 드러내려고 한 것이 아니라 자신의 화가 동료들의 새로운 예술적 가치들을 역사 속에 위치시킴으로써 이들에게 정당성을 부여하고자 한다. 능글맞은 사랑의 파랑돌 춤, 진탕 마시는 술잔치가 그려진 루벤스의 수호성인 축제 그림은 학자연하는 문화에 의해 부당하게 무시되는 사육제 문화를 통해 중산층의 절제된 문화와는 반대되는 하층민의 문화를 옹호한다. 축제로 자유로워진 이 그림 속의 인물들은 춤추는 몸이며 팔짝 팔짝 뛰는 몸이다. 중산층의 몸가짐과는 반대되는 몸이다.

루브르에 전시된 예전의 대가들의 화폭에서 말하여진 것이 바로 제르베즈의 이야기가 된다. 하층민의 모나리자인 아름다운 제르베즈는 무리요의 '성모마리아' 처럼 지혜롭지도 못하거니와 루벤스의 '수호성인 축제' 가 전해주고 있는 식탐, 술, 성의 과도함에서 벗어날 수 없다. 가나의 혼인식에서 술은 예수의 기적으로 끝없이 넘쳐흐르지만 제르베즈의 결혼식에서는 보슈의 우스꽝스러운 축복에도 술은 더 이상 나오지 않는다. 대가의 화폭에서 풍성하게 넘쳐흐르는 음식들과 사치스러운 모습과는 반대로 이들의 식탁은 불결하고 초라하다. 결국 피로연은 계산에 얽힌 싸움 끝에 난장판으로 끝난다. 루브르의 방문은 마치 제르베즈의 운명의 축소판을 암시하는 듯하다.

　－ 서민들의 파티

서민들의 파티에서 디저트 시간에 노래를 부르는 것이 관례라면 제르베즈가 동네사람들을 초대한 파티에서는 온갖 장르의 노래가 선보인다 : 병사의 노래, 애국적인 노래, 권주가, 감상적 사랑 노래, 멜로드라마풍의 노래, 외설적인 노래, 저녁파티의 인기곡, 분뇨담 노래. 비평가들은 졸라가 외설적이고 천박한 문학을 한다고 비난하지만 그 당시의 파리는 당시 카페 콩세르[14]의 인기곡을 부른 르라 부인의 노래처럼 음란하고 품위 없는 노래들에 심취해 있었다는 것을 이들은 간과하고 있었다. 카페 콩세르는 일종의 주점으로 도덕적 타락을 야기하는 곳이었다. 제르베즈가 카페 콩세르에서 랑티에와 함께 음란한 후렴을 부른 것은 그녀가 랑티에와 불륜의 관계로 가게 되는 배경이 되었다고 할 수 있다.

카페 콩세르의 축소판인 르라 부인의 노래를 들으면서 제르베즈는 자신의 고통을 이야기하는 것 같아 그 동안 힘들게 살아온 삶에 대해 회한에 빠진다. 이때 쿠포는 랑티에를 데리고 들어오고 랑티에는 감상적 비애감에 젖어 있던 제르베즈의 머리카락에 자신의 숨결을 느끼게 하며 은근한 유혹의 손길을 뻗는다. 플로베르의 『보바리 부인』에서도 이와 같은 장면을 볼 수 있다. 오페라에서 엠마는 여가수의 노래가 자신의 마음을 그대로 말해주는 것 같고 현실을 떠나 자신을 데리고 가 줄 사랑을 꿈꾼다. 그때 남편 샤를이 레옹을 데리고 들어오고 레옹의 수염이 엠마의 뺨을 스치고 지나간다. 꿈이 좌절된 여인들을 취하는 이들이 바로 이들이다.

― 나나의 첫 영성체식

결혼식, 세례식, 장례식, 첫 영성체식을 드라마 속에 포함시키면서, 졸라는 서민들의 풍속들을 세세히 보여준다. 첫 영성체 의식동안 쿠포는 종교에 대해 강한 불신을 드러내고 가족들은 교회 공동체에 속하지 못한 이질감을 드러내는데 이는 신성의 가치들이 이들에게 무의미한 것들임을 나타나면서 신성의 전락을 의미하고 있다. 그렇지만 에티엔이나 클로드가 아니라 나나의 첫 영성체식을 택한 것은 여자아이들에 대한 졸라의 관심을 의미한다.

나나의 첫 영성체식은 일종의 통과의례로써 어린 여자아이들이 직장을 얻고 일을 배워 나아가는 시점이 된다. 르라 부인은 나나에게 자신처럼 조화 일을 배울 것을 권하나 로리예 네는 조화여공일이 매춘부로 나아가는 지름길로 보고 있다. 첫 영성체 이후 새로운 직장과 집을 오가는 동안 화려한 진열장의 상품들과 거리의 활기찬 삶에 관심을 갖게 되는 나나가 열악한 자신의 환경에 환멸을 느끼는 가운데 주위의 환경에 물들어가면서 매춘부로 나아가는 과정이 제르베즈의 몰락만큼이나 섬세하고도 비극적으로 그려진다.

나나를 통해 그 시대의 악덕과 위선이 분명히 보여진다. 쿠포는 매춘부 딸 때문에 자신의 명예가 더럽혀졌다고 외치면서도 차분하게 담배를 피우며 수프를 먹는다. 비르지니는 나나에 대해 말할 때 매춘부들과 인사하는 일은 수치스럽다고 말하지만 자신은 랑티에의 정부가 된다. 제르베즈는 나나의 행위를 허용하면서도 그녀가 집에 올 때는 노동자가 입어야 하는 차림으로 올 것을 요구한다. 르라 부인은 모든 것을 허용하지만 외설스러운 말만은 허락하지 않는다. 그럼에도 그녀가 들려주는 수상한 이야기들은 나나를 타락시키기에 충분하다. 나나에 대한 르라 부인의 이런 이중적 집착을 통해 졸라는 지배적인 윤리관의 위선을 드러내고 있다.

소설의 기법

소설 첫 문장의 전략

소설의 첫 문장은 사실주의나 자연주의 작가들에게 상당히 전략적인 장소가 된다. 독자가 앞으로 만나게 될 것들을 사실처럼 느끼게 하면서 자연스럽게 허구 속으로 들어갈 수 있도록 조정해야 하는 곳이다. 소설 속의 일들이 사실처럼 계속 되고 있는 상황임을 주지시킬 수 있도록 만드는 방법 중의 하나가 바로 대과거(과거 진행형 시제)로 시작되는 것이다. 이 소설의 첫 문장은 "제르베즈는 새벽 두 시까지 랑티에를 기다리고 있었다."로 시작된다. 이전부터 그녀가 기다리고 있었다는 것을 보여주는 대과거 시제로 인해 생긴 이런 시간의 두께는 단번에 독자들을 이야기의 시간 속으로 끌어들이는 동시에 이제부터의 이야기가 매우 사실이라는 느낌을 주는 효과를 만들어낸다. 독자를 이야기로 끌어들이면서 사실적 효과를 보여주는 졸라의 독특한 시제 사용법을 볼 수 있다. 여기에다 소설이 전개되는 이곳이 파리 사람들이 잘 모르는 낯선 곳일지라도 파리라는 이미 모두가 알고 있는 장소가 언급됨으로써 독자들에게 이 소설이 사실을 다루고 있다는 느낌을 강하게 전달하고 있다. 게다가 제르베즈의 기다림이라는 최초의 행위는 연속성을 느끼게 하면서 독자들에게 자연스럽게 사실을 이야기하고 있다는 인상을 부여하고 있다. 대과거 시제, 파리라는 잘 알려진 장소의 언급, 기다림의 주제 모두 사실성을 부여하면서 자연스럽게 소설을 여는 사실주의의 전략적 기법들에 속한다.

이야기 끝맺음의 공간과 전략

졸라는 소설의 끝의 중요성을 강조하며 텍스트 전체를 조정하는 전략적 장소로 본다. 우선 제르베즈가 죽음으로 가리라는 피할 수 없는 운명은 소설 1장에서부터 예고된다. 그녀의 죽음이 처음부터 암시되고 있으며 그녀의 소설적 여정은 여기로 가는 길이 된다. 소설의 끝은 두 중요 인물(쿠포와 제르베즈)의 죽음으로 인한 완전한 사라짐을 보여준다. 즉 시작과 끝이 완전히 마무리되는 예술의 일반적 법칙인 완성된 도

식을 보여준다. 제르베즈가 관에 담겨짐으로써 공간적으로
도 완전히 사라진다. 졸라의 『작품』이나 『루공가의 운명』 역
시 묘지혹은 묘지의 비석)에서 끝난다. 이런 장소의 선택이
나 사라짐의 전략은 인간의 일생이 죽음으로 끝나듯이 사실
임 직함(vraisemblance=진실임 직함)을 내세운 사실주의 소설
이 끝을 내리는 전략으로 사용된다.

묘사의 새로운 기법들 : 이야기와 묘사의 자연스러운 통합

― 걸어 다니는 창문의 전략

창문이나 유리는 세상을 보고자하는 '구경꾼' 에게는 더할
나위 없는 수단이 된다. 특히 졸라가 젊은 시절 내세운 '사실
주의 화면' 의 이론에 의할 것 같으면 작가는 아무 것도 감추
지 말고 모든 것을 말해야 하며 현실을 변형시키지 않고 있는
그대로 투명하게 보여주어야 한다. 이런 관점에서 유리창은
손색이 없는 도구이며, 바로 그런 까닭에 졸라의 소설에서는
유난히 창문, 유리창을 통해 세상을 보는 묘사가 빈번하다.

창문은 무리 없이 작가의 시선을 대신하고 작가 자신의 생
각들을 반영하기보다 있는 그대로를 보여주고 있다고 느끼
게 만드는 효과도 가진다. 사실 자연주의 문학은 명명백백한
사실을 그리고자하는 욕망 속에서 '열려진 창' 이 되고자 하
며, 이런 열망은 투명하게 자신을 드러내는 유리집에 대한 환

상으로 발전되어 나타나기도 한다. 졸라의 작품에 유리로 만들어진 온실, 시장, 진열대 등이 많이 나타나며 심지어는 숲이나 시장, 교회도 명멸하는 빛 속에서 투명할 정도로 훤하게 자신을 드러내는 순간들이 있다. 물론 이런 순간들은 인상주의적 시각의 측면을 반영하고 있지만, 졸라는 빛에 의해 드러나는 이런 투명한 시각을 즐길 뿐만 아니라 한 걸음 더 나아가 빛이나 증기로 인해 변화되는 모습을 보여주면서 사물의 겉모습이 사라지고 내면의 모습이 드러나는 표현주의적이고 상징주의적 과정으로 발전되어 나간다. 자연주의가 겉만의 충실한 묘사로 끝나지 않고 사물이나 인간의 심층을 투영하는 길로 나아갔음을 보여준다.

화면(=창문)을 사용하면서 모든 것을 보여주고자 한 졸라는 창문과 같은 구실을 하는 또 다른 도구들을 사용하는데 바로 그것이 걸어 다니는 창문, 즉 거리나 어떤 장소를 배회하는 인물들의 눈이다. 파리나 구트 도르의 시가지들은 여기를 헤매고 다니는 쿠포와 랑티에의 눈(후에는 나나가 그 역할을 대신함)을 통해 작가의 존재를 느끼지 못하게 하면서 그대로 보여진다. 바로 이런 기법은 낭만주의나 고전주의 작가들이 설명하기 위해 자신들의 존재를 드러내면서 개입하는 것과는 다르다. 작가의 개입을 자연스럽게 만들어주는 쿠포나 랑티에 같은 시선의 인물들은 바로 작가의 전략적 대리인이다.

- 대리인의 전략

졸라는 일상을 보여주는데 있어서 작가가 전지전능한 시점으로 모든 것을 보여주는 발자크식의 일방적 설명방식을 피하고자 한다. 졸라는 이야기의 흐름을 방해하지 않고 자신의 계획상 꼭 필요한 일상에 대한 자료를 소설 속에 넣기 위한 여러 가지 새로운 기법들을 찾아낸다. 필립 아몽은 『소설의 인물들 Le Personnel du roman』에서, 이런 기능을 위한 인물들을 세 가지로, 즉 시선-서술자, 수다쟁이-서술자, 작업자-서술자라고 명명한다. 첫 번째 시선-서술자는 증인, 호기심 많은 사람, 한가한 산보객, 엿보는 사람들 등이다. 『목로주점』의 첫 장면에서, 뜬눈으로 밤을 지새우며 창가에서 랑티에를 초조하게 기다리는 제르베즈의 눈에 새벽의 파리가 보인다. 그녀의 시선을 따라가면서 여주인공의 이야기와는 다른, 어두움에서 깨어나는 새벽의 파리에 대한 묘사가 자연스레 이어진다. 예전의 소설들처럼 이야기와 묘사가 따로 배열되는 느낌을 주는 법 없이 이야기와 묘사가 자연스럽게 통합된다.

이 자연스런 통합에 제일 크게 기여하는 것이 바로 제르베즈의 시선이다. 예를 들면 발자크는 『고리오 영감』의 시작 부분처럼 고전적 화가의 방식대로 자신이 묘사하고자하는 대상 앞에 이젤을 펼쳐놓고 이제부터 묘사로 들어감을 독자들로 하여금 느끼게 만든다. 이와는 반대로 졸라는 인물의 시선을 사용한다. 작가의 시선대신 누군가를 기다리느라 창가에 기대 서있는 제르베즈의 시선을 따라 자연스럽게 동네가 묘사되고 모네의 카푸친 대로처럼 파리 변두리의 풍경들이 그려진다. 다른 예를 들자면 『쟁탈전』에서는 블로뉴 숲에 산책나온 마차들이 정체되면서 주인공이 기다리는 동안 마차들과 그 안에 타고 있는 사람들에 대한 자세한 묘사(일종의 프랑스 상류사회에 대한 묘사)가 이루어지는 식이다. 작가의 개입 즉 작가가 끼워넣는 자료들이라는 인상을 주지 않고도 자연스럽게 이야기와 묘사가 통합되는 방식은 사실주의적 소설의 진보된 방식이라고 할 수 있다. 이로써 그녀의 시선은 새벽 파리의 모습을 자연스럽게 전해주는 임무를 완수한다. 그녀가 처음 철공소를 방문했을 때에도 그곳을 처음 방문하는 호기심 어린 그녀의 시선을 통해 철공소의 모든 것들(일꾼들의 일하는 방식들, 기계들, 색채, 소음 등)이 자연스럽게 독자들에게 설명된다.

두 번째 수다쟁이―서술자는 자신이 알고 있는 지식들을 신참자, 이방인(독자들도 이들처럼 정보가 없다)등에게 설명하는 설정에 등장한다. 세 번째 작업자―서술자는 기술을 가진 사람이 신참자에게 자신의 일에 대해 설명하거나, 방문자에게 비친 기술자의 일하는 모습이 작업 장소에 대한 세밀한 설명을 타당하게 만든다. 구제의 작업장을 방문한 제르베즈는 그에게서 작업에 대한 설명을 듣는다. 이런 식으로 정보를 전달하려는 묘사의 계획은 자연스럽게 완수된다. 설명—묘사가 끝나면 다시 이야기가 시작된다.

인상주의적 기법

옥외파 화가들의 행복하고도 무심한 풍경과는 사뭇 다르게 졸라가 묘사하는 도시 풍경은 해로운 대기로 불안한 모습을 보여준다. 자본주의의 발달로 지방에서 파리로 상경하는 사람들을 수용하기에 파리는 숨 막힐 정도로 너무나 좁았다. 이 이야기가 시작되는 시점인 1801년과 1850년 사이는 파리 인구가 두 배로 늘어난 시점이었다. 제르베즈와 랑티에는 일거리와 돈을 찾아 고향을 떠나 수도로 올라온 수많은 노동자들 중의 한 사람들이다. 농부에서 노동자로 바뀐 이들은 도시의 달동네에서 살다가 다시 도시 북부와 남부의 외곽으로 밀려난다. 실업과 배고픔, 추위, 집 없음, 살해에 대한 두려움이 넘치는 이곳이 바로『목로주점』의 장소이다.

졸라는 두 번째 인상주의 전시회에 가서 드가에게, "당신 그림의 몇 장면과 같은 것을 소설에 그대로 그려 넣었다."고 말한다. 화가에 대한 작가의 이와 같은 헌사는 5장에서 절정으로 나타난다. 클레망스가 어깨를 구부리고 셔츠를 다리는 모습은 드가가 그린 〈다림질하는 여자들〉을 연상시킨다. 특히 세탁소의 내부 풍경이나 공기를 표현한 색상은 인상주의 화가의 그림을 글로써 재현한 것 같다. 이런 인상주의적 묘사 속에서 작가는 세탁부의 실제로 일하는 모습을 아주 상세하게 보여준다. 이런 주제의 도입도 현대적이지만 작가는 여기에 그치지 않고 드가처럼 여성의 육체에 대해 감각적인 필치로 전하고 있다.

인상주의 화가들에게서 많은 영감을 받은 졸라는 그의 소설들에서 인상주의적 기법을 언어로 선보인다. 다양한 각도에서 보여 진 사물들, 빛이나 수증기 속에서 해체되는 형태들, 빛에 따라, 계절에 따라 변하는 사물들과 색채의 현란함을 묘사한다. 달라진 빛 속에서, 일상적인 세계가 낯설어 보이기도 한다(공동 세탁장의 풍경, 가로등 아래의 거리 풍경 등). 밝은 가로등 아래에서 행인들의 그림자는 이상하게 보이고 자동인형같이 짧게 끊어지는 모습이 때로는 기괴해 보이기도 한다. 제르베즈가 가스등에 가까이 갈 때 그녀의 그림자가 오그라들었다가 멀어질 때는 절을 하는 것처럼 코가 나무와 집들에 부딪쳐 보인다.

인상주의적 기법은 시선의 방향을 다양하게 변화시키는 데도 일조한다. 극장과 소극장은 드가처럼 조각난 이미지들을 표현하기에 적합한 장소가 된다. 무도회장에서 가출한 나나를 찾고 있던 쿠포 부부에게 사람들 머리 위로 떠올랐다가, 가라앉다가 다시 튀어나오는 나나의 모자만이 보여진다. 제르베즈가 로리에 부부의 아파트를 방문할 때 시선의 방향은 아래에서 위로, 위에서 아래로 변한다. 이렇게 다양한 각도에서 보여진 사물들은 새로운 이미지로 변화해 나아간다. 제르베즈가 층계 아래에서 위를 보았을 때 층계는 바벨탑의 이미지를 보이지만, 위에 올라와 아래를 보았을 때는 지하(우물)의 이미지를 띤다. 지붕 위에서 일하는 함석공들의 윤곽도 아래에서 위로 잡은 각도로 볼 때 엄청나게 커 보인다. 이처럼 현실을 그대로 재생하는 기법과는 달리 졸라의 시선은 초현실주의적인 모자이크를 유도한다.

졸라는 인상주의 화가들처럼 삶의 일상에서도 다양함을 찾아내는데 능숙하다. 세탁장 풍경, 카페 풍경, 거리의 군중들, 파리의 신시가지와 대로, 서민 유흥장의 대중들에 대한 묘사는 드가, 모네, 기메의 화폭들을 연상시킨다. 이들처럼 미래에 대한 깊은 관심 속에서 졸라는 새로운 철 구조물(공동 세탁장, 다리, 역)에도 매혹된다. 상당히 역동적인 그의 시선은 사물과 인간들의 참모습과 깊이를 찾아내는 영화적인 시선이기도 하다. 사물 자체를 그리는 것을 넘어서 사물들이 인물들에 미치는 효과를 분석한다.

― 인상주의자들에 대한 인준

졸라는 레오나르도 다빈치의 ‘모나리자’를 통해 다빈치
역시 윤곽을 흐리게 처리하였으며 빛의 효과에 의해 대상이
변한다는 것을 인지한 화가였다는 것을 보여주면서, 인상주
의 화가들의 그림들이 윤곽을 무시했다고 비평하는 이들을
반박하는 동시에 인상주의 그림들이 역사적 대가를 계승했
음을 분명히 한다. ‘가나의 혼인잔치’를 그린 베로네제 역시
보색을 병렬함으로써 빛의 놀라운 효과를 만들어낸 화가이
다. 인상주의 화가들처럼 그도 그림자를 검은 색 대신 물체
의 더 어두워진 색상으로 처리하였다. 이처럼 졸라는 인상주
의 화가들이 빛, 색상, 데생 연구를 대가들의 고전적 기풍에
서 찾아냈을 뿐만 아니라 소재면에서도 이들을 계승하고 있
음을 보여준다.

‘잠든 안티오페’의 경우 구성의 비대칭, 원근법에 의한 단
축법 같은 현대적일 정도로 대담한 기법을 선보인 작품이다.
그런 점에서 인상주의자들은 예술의 역사를 모르는 이들이
아니라 오히려 이들의 비평가들보다 더 잘 알고 있었다는 것
이 입증된다. 로리예 부인이 상당한 관심을 보이는 티티엔은
마네에게 여러 번 영감을 준 작품이며, ‘올랭피아’(1865)는
우르비노의 비너스를 재현한 것이며 1863 살롱전에서 웃음
거리가 된 ‘풀밭 위의 식사’는 ‘전원음악회’를 끌어들인 것

이다. 천박하다고 비난받아온 인상주의자들의 대담함은 서
민의 축제를 그린 루벤스의 '수호성인 축제'를 보면 그리 대
담한 것도 아니다. 어쨌든 이 모든 낯설고 의미를 알 수 없는
그림들 앞을 얼이 빠져 지나가는 제르베즈의 하객들의 행렬
은 더 의미심장하다. 루브르를 방문한 이들 서민들이 이해하
지 못하는 것은 살롱전을 지배하는 자들에 대한 은유이기도
하다. 이들이 내보이는 어리석음은 예술 교육의 부재 때문이
며 평범한 것만 택하고 독창적인 것은 던져버리는 살롱전의
심사원들이 바로 여기에 대해 가장 큰 책임이 있다고 할 수
있다.

언어

초안에서 졸라는 자신이 민중들의 삶을 그들의 상스러운
언어들을 통해 아주 정확하게 묘사할 것이라고 밝히고 있다.
졸라가 언어의 문제를 중시하고 있다는 것은 분명히 드러난
다. 안락한 삶을 누리는 사람들이 사용하는 불어를 자신들의
인물들에게 강요하기를 거부하는 것이다. 진실한 묘사, 정확
한 그림을 위해서는 상스럽지만 분명히 존재하는 언어, 즉 민
중적 불어와 속어를 사용하는 것이다. 바로 이것이 소설에
혁신적인 면모를 부여하고 있다. 민중의 언어를 사용하기 위
해 졸라는 1866년 알프레드 델보가 쓴 속어 사전에 영향을

받는다. 이런 속어는 인물들의 대화에서뿐만 아니라, 식당과 카바레 이름, 인물들의 이름에서도 나타난다 : 메보트(mes bottes : 술을 아주 잘 마시는 노동자의 이름으로 보트는 술을 엄청나게 마신다는 의미임), 베크 살레(bec-salé : 더러운 주둥이의 의미. 주둥이는 속어), 괼르 도르 (gueule d'or : 금발 수염의 구제를 황금빛 면상이라고 부름. 면상은 속어), 카데 카시스 (cadet-cassis : 주점에서 카시스 음료를 마시기 때문에 붙은 쿠포의 별명으로 카데는 젊은 놈이라는 의미의 속어)

『믁로주점』이 처음 출판되었을 때 위스망스, 말라르메, 모파상을 제외하고는 이 소설이 아주 현대적인 기법들을 탐구하고 있다는 것을 알아보는 사람은 별로 없었다. 당시의 취향과 도덕관은 이 작품이 쓰인 서민적인 언어 방식에 무엇보다 분노했다. 인물들은 자신들이 일상에서 사용하는 말투로 이야기되면서 사실성과 존재감을 부여받게 된다. 졸라는 하층민의 언어(속어, 분뇨담)를 철저히 들려주고 민중 문화를 보여줌으로써 확고하게 서민의 향취를 처음으로 『목로주점』에 녹여낸다. 그가 『목로주점』에 사용한 속어들이 현실의 속어와 완전히 똑같지 않다고 비평받았을 때, 그렇게 했더라면 아무도 이해하지 못했을 거라고 반박한다. 이들 하층민중의 언어가 작가 차원의 '아주 공들여 만든 주형' 에 부어졌을 때 작가의 주관성이 반영될 수밖에 없다는 것을 의미한다. 『목로주점』을 읽은 말라르메는 졸라에게 보낸 편지에서 졸라의 언어적 시도에 감탄했다고, 자신과 같은 문학도들을 웃고 울게 만든 이상 가장 아름다운 문학적인 형식의 가치를 띠었다고 찬사를 보낸다. 이것은 졸라가 사회적인 목적과 문학적인 목적을 동시에 충족시키면서 감동을 준다는 무척 어려운 일을 해냈으며, 이로 인해 엿보기 차원이나 동정 차원을 넘어서 하층 계급을 표현하는 일을 한 차원 높였다는 것과 이들이 차후 소설에서 표현될 권리를 분명히 성립시켰다는 것을 의미한다.

졸라의 『목로주점』이전에 이보다 서민의 향취를 전달한 작품은 없었으며 이 작품은 기존의 문학적 서체가 대중적 언어로 돌아가게 하는 기폭제가 된다. 서민의 언어가 가진 새로운 이미지를 통해 문학은 재충전되는 힘을 얻게 된다. 예를 들어 장의사 인부 바주즈 영감은 쉼표를 많이 쓰면서 구어체의 짧은 문장을 사용하는데 이런 방식은 감정들을 전달하기기에 아주 적합한 형태들이다.

졸라는 하층민의 속어 그 자체를 반영하는 것에 그치지 않고 이들 언어와 떼어 놓을 수 없는 이들의 문화도 보여준다. 졸라는 이들의 언어로 문학에서 금기시되어온 육체를 폭로한다. 사실상 속어와 육체의 언어는 서민문화와 서민 언어와 관련된다. 제르베즈가 용변을 보고 있는 쿠포를 보았을 때 그것은 정치계와 종교계의 모든 진지함이 조롱된다는 것을 의미한다.

육체의 언어에 대한 관심은 서민문화의 전형인 육체를 볼
거리로 제공하는 문화에 대한 관심으로 쏠린다[15]. 제르베즈
는 자신의 그림자의 부산한 움직임을 유심히 바라본다 : "가
스등에 가까이 가자 희미한 그림자가 줄어들어 분명해지면
서 크고 작달막하며 이상한 그림자가 나타났다. 그림자가 너
무 동그랗게 보였다. 배, 가슴, 엉덩이는 길어졌고 함께 흐
느적거리고 떠다녔다. 그녀가 심하게 다리를 절수록 걸음을
떼어놓을 때마다 그림자는 땅위에서 비틀댔다. 진짜 줄 인형
같았다!"

그러나 자연주의자들의 육체는 쾌락만큼이나 고통이다.
이들이 보여준 육체는 배고픔과 추위, 병과 노쇠를 안다. 쓰
레기 더미에서 부자들이 버린 것을 개들과 다투는 제르베즈,
알코올중독에 의한 착란에 사로잡혀 사지를 떠는 쿠포, 아버
지에 매 맞아 온통 푸른 멍과 채찍 자국, 뼈 가죽만 남은 채
죽어가는 어린 랄리 비자르의 몸은 바로 이런 고통스런 육체
의 모습이다. 부르주아의 절제와 절도 있는 이상주의적인 정
숙함은 또 다른 육체의 현실을 외면하는 동시에 고통과 불의,
육체를 변형시키는 직업, 노동의 참을 수 없는 횡포를 외면한
것이다.

졸라는 육체에 못지않게 지배 문화가 금기시했던 죽음 문

제도 다루고 있다. 플로베르가 보바리 부인이 죽어가는 과정을 그렸지만 죽음의 생리적인 표현에 있어서는 신중을 기한 편이다. 반면 모든 금기를 뒤흔들고자 한 자연주의자 졸라는 모든 것을 있는 그대로 그리고자 한다. 장의사 인부들이 관에다 겨를 깔고 쿠포 마나님을 눕히는 모습을 그리면서 소설에서 육체와 죽음을 배제해 온 관례를 깨트렸다.

자유간접화법

노동자계급이 위험한 계층으로 생각되던 시기에 문학의 관심은 이들을 교화시키는 일이었다. 위젠 쉬의 『파리의 신비들』(1842)을 비롯해 문학은 이들의 비참한 생활을 거론하지만 교화적이고 동정적이며 가부장적인 방식을 고수한다. 졸라도 위젠 쉬처럼 사회 개혁이라는 이상에 젖어있었지만 이런 교과서적이고 교훈적으로 말하는 방식을 피하고자 한다. 작가 자신이 직접 목소리를 내는 대신 화자의 목소리로 전환시키는 자유간접화법을 통해 교훈적인 제시를 피하게 된다. 천천히 몰락의 길로 들어서면서 변해가는 쿠포의 모습을 전하는 이 화법은 작가의 존재를 잊게 하고 독자의 몰입을 이끌어낸다. 독자는 자연스레 쿠포가 몰락의 길로 들어서는 것이 환경으로 인한 것임을 깨닫게 된다.

이처럼 『목로주점』에 진실의 힘을 부여하는 것은 줄거리가 아니라 바로 어떤 문체의 창조였다. 졸라는 하층민의 속어, 자유간접화법을 쓰면서 제대로 된 소설을 창조해낼 수 있었다. 플로베르에서 시작해서 졸라에 와서 능숙하게 다루어지는 자유간접화법을 통해 졸라는 마침내 작가와 인물간의 거리를 없앤다. 자유간접화법은 주인공 제르베즈의 생각을 매개 없이 그대로 드러낼 수 있게 하였고 그녀가 타락해가는 과정 그리고 그 타락에 익숙해져가는 모습을 실감나게 표현해 줄 수 있는 내적 독백을 이야기의 자연스러운 짜임새 속에 잘 혼합시켜 놓음으로써 독자들은 작가의 개입을 의식하지 못한 채 그녀의 생각에 통합된다. 굶주린 제르베즈가 개들과 함께 쓰레기 더미를 뒤질 때, 독자들(의식주에 걱정이 없는 이들)은 자신들에게 말을 거는 이가 졸라인지, 그의 여주인공인지를 알 수 없다 : "이런 생각은 우아한 사람들에게 혐오감을 불러일으킨다. 그러나 우아한 사람들이 3일 동안 아무 것도 먹지 못했다면, 그래도 이들이 기분이 상해 먹을 수 없다고 거부하게 될지는 두고 볼 일일 것이다". 졸라가 언어의 현대적 사용을 보여준 것은 이처럼 대화, 인물의 내적 담론, 이야기를 모두 하나로 연결시키는 문체를 탄생시켰다는데 있다. 졸라는 자유간접화법을 15%, 직접화법을 17%를 사용한다. 게다가 고전극의 합창대와 같은 집단적 목소리에 많은 자리를 할애한다. 이처럼 소설은 구어체적 소설이라는 현대적 기법을 보여준다. 당시의 비평가들은 이런 언어적 혁명을 소설 내용 자체보다 훨씬 더 도전적으로 느꼈으며 불편하게 생각했다.

12장은 졸라의 자유간접화법이 가장 효과적으로 쓰인 장으로 그 놀라운 효과를 볼 수 있다. 이 화법의 도움을 받아 이야기와 묘사, 대화나 독백 같은 분리가 없어지고 모든 것이 선처럼 이어지면서 다음성적인 어우러짐을 만들어낸다. 이 화법은 제르베즈의 내면을 일인칭 화법을 빌려오지 않고서도 말해준다. 엠마 보바리 같은 부르주아 여성은, 고통 속에서 죽어가는 순간에도 거울을 달라고 하는데 이는 플로베르의 여주인공이 끊임없이 자신을 성찰하고 소설을 읽고 고백을 하고 글을 쓸 줄 안다는 것을 의미한다. 그러나 제르베즈 같은 노동자는 자신을 표현하는 데에 서툴다. 그녀의 세계에서는 거울이라곤 없다. 1장에서 랑티에가 가져가 버린 하나뿐인 작은 거울, 9장에서 나나가 보는 거울 조각이 전부이다. 제르베즈가 자신을 뒤돌아볼 때는 주로 물건들을 통해서이다. 그녀는 자신을 삼키는 세상을 수동적으로 지켜보는 일밖에 할 수 없다.

인물에 일인칭을 부여하지 않으면서도 차별화된 의식이 존재함을 보여주기 위해 졸라는 다른 소설보다 유난히 자유간접화법을 많이 사용한다. 데카르트의 '나는 생각한다. 고로 나는 존재한다.' 에 반대하는 것처럼 배고픔이라는 육체적 상황이 만들어내는 심리적 혼란은 유물론적 특징이기도 하다('나는 느낀다. 고로 나는 존재한다.'). 흩날리는 눈발 속에서 헤매는 제르베즈의 혼란스러운 의식을 통해 독자는 작가의 목소리'가 멈추고 인물의 목소리가 시작되는 시점을 구분하기 어려워진다. 바로 여기서 3인칭은 누구에 대해서 말하는 것이 아니라 누구를 위해 말하는 것으로 변하면서 애매해진다. 대화를 대신한 자유간접화법은 제르베즈가 외롭게 버려지는 것은 로리예 부부나 쿠포 때문이라고 독자들을 생각하게 만든다. 사실은 그것은 바로 제르베즈의 내면을 통해서 들린 것일 뿐이다. 바로 자유간접화법의 확실한 효과이다. 실제로 그녀와 대화를 나누는 것은 오직 구제뿐이다. 구제만이 수동성으로 머물게 하는 저주에서 벗어나 주체가 되게 할 수 있었을 것이다. 그녀가 구제 앞에서 "당신을 사랑해요"라고 용기를 내어 말하지만 이미 너무 늦었다.

3 관련서 및 연보

『목로주점』은 프랑스 문학사상 처음으로 민중이 읽었던 책,

민중이 환호한 책, 민중의 입장에서 민중의 언어로 쓰인 책이며,

다른 세상에 속한 사람들이 아니라

똑같이 환희와 고통의 생을 살아가는 인간으로서의

민중의 존재를 느끼게 해준 책이라고 할 수 있다.

당시 작가들이 노동자들과 하층계급을 다른 세상에 속한

사람들에 대한 호기심 어린 엿보기 취향에서 접근한 데 비해

졸라는 이들의 생활상에 대한 면밀한 관찰을 넘어

이들의 욕망, 희망, 두려움, 고통을 이야기한다.

바로 거기에서 『목로주점』의 뛰어난 사실성과

문학적 감동을 느낄 수 있다.

『목로주점』 관련서

조성애, 『자연주의 미학과 시학』, 동문선, 2004.

자연주의 작가들은 공화파와 왕당파 간의 수많은 전복과 혁명을 겪으면서 역사와의 숙명적 만남을 피할 수 없었고 그런 까닭에 역사와 사회에 대한 관심이 유난할 수밖에 없었던 역사의 아들들이었다. 또한 이들은 자연학, 생물학, 심리학 등의 태동으로 인간에 대해 어떤 점에서는 충격적이고도 신선한 시각들을 제공한 신자연과학 시대를 살았다. 이들은 자신들이 처한 역사와 과학의 새로운 상황을 인간과 사회에 대한 새로운 감각과 형태 즉 새로운 장르의 미학과 시학의 창조로 이끌어내었다. 지금까지의 자연주의 소개가 일반적 소설사의 차원에서 다루어지면서 이들

만의 독특한 서체와 문장작법에 대해서는 충분하게 설명
되지 않았다. 이 책에서는 자연주의 서체를 형성시킨 사회
적, 경제적, 사상적 환경, 이들의 서체 형성에 영향을 준
문학가들의 서체들에 대한 설명, 메당 그룹의 후배 자연주
의 작가들에 의해 발전되는 무의 미학과 환상적 차원의 글
쓰기 등을 살펴보면서 자연주의자들이 남긴 독창적이고
풍부한 미학적, 시학적 유산의 의미를 정리하고 있다.

기 라루(Guy Larroux), 조성애 옮김, 『사실주의 문학의 이해』, 동
문선, 2000.

사실주의란 무엇인가에 대한 질문에서부터 시작하여 사
실주의와 자연주의의 글쓰기 특징을 설명한 책이다. 19세
기 사실주의만으로 모든 사실주의를 독점적으로 해석하
려는 협의적인 차원을 떠나, 아리스토텔레스가 미메시스
의 문제를 제기한 고대, 사실주의를 비난하고 폄하한 초현
실주의, 누보로망에 이르기까지 사실성, 사실임직함의 개
념이 모방에 대한 인간의 보편적 욕망과 관련된다고 밝힌
다. 저자에 따르면 모든 문학사란 그 이전의 사실주의에
대항하면서 인간, 사회, 사물이라는 현실세계를 더 위대하
고 심오한 혁명적 전투적 사실주의라는 이름으로 탐구하
는 여정들이다. 그 중에서도 19세기 사실주의 자연주의 운

동은 이런 사실주의 여정의 완성편으로 간주된다. 19세기 작가들의 사회와 문학의 탐구에 대한 열정과 이들의 시학을 설명하면서 이들의 현실에 대한 새로운 시각과 글쓰기 방식이 현대작가들에게 풍요로운 미학적 유산으로 계승되고 있음을 보여준다.

유기환,『에밀 졸라, 예술과 과학의 행복한 융합』, 건국대학교 출판부, 1996.

에밀 졸라의 예술론과 실험소설론 그리고 전체 소설들에 대한 전반적인 간략한 설명을 볼 수 있다.

참고문헌

1) Colette Becker, L' Assommoir Zola, Hatier, 1972.

2) J. Dubois, L' Assommoir de Zola, Larousse, 1973.

3) Auguste Dezalay, La Lecture de Zola; Armand Colin, 1973.

4) Jean—Pierre Leduc—Adine, L' Assommoir d' Emile Zola, Gallimard, 1997.

5) Alain Pagés. Emile Zola, Bilan critique, Nathan, 1993.

6) Beatrice Desgranges, Patricia Carles, L' Assommoir
   Zola, Nathan, 1989.

7) George Bafaro, L' Assommoir Emile Zola, Bordas,
   2003.

8) Isabelle Guillaume, Etude sur Emile Zola L'
   Assommoir, Ellipses, 1999.

에밀 졸라의 연보

1840년 4월 2일

베니스 출신의 기술자 프랑수아 졸라와 남부 보스지역의 소규모 장인의 딸 에밀 오베르 사이에서 에밀 졸라, 파리에서 탄생.

1843년

일가는 프랑스 남부 엑상프로방스에 정착.

1847년

아버지의 죽음. 심한 경제적 어려움.

1848~1858년

엑상 프로방스에서 중 고등학교 다님. (플로베르, 『보바리부인』,1856.)

1858년

졸라와 어머니는 파리로 올라 옴.

1859년

파리 생─루이 고등학교에서 과학 분야에서 바카로레아 시험 보나 불합격됨. 졸라는 학업을 포기 (다윈,『종의 기원』).

1860년

일자리를 얻지 못하고 있다가 화물창고 관리자로 일하게 됨. 월급은 60프랑. 두 달 일하다 그만둠. 많은 작품을 읽고(라마르틴, 뮈세, 위고, 상드, 셰익스피어) 시를 씀.

1861년

일자리 없는 궁핍한 생활을 함. 그러나 시작은 계속되며 몽테뉴, 몰리에르 읽음. 파리로 잠시 올라온 세잔과 함께 살롱을 방문하고 많은 화가들을 알게 됨.

1862년

아세트 사에 취직. 물품 발송부에서 일하다가 빠르게 광고부 책임자로 승진.(위고,『레미제라블』발표)

1863년

많은 신문들에 글을 발표하게 됨. (낙선자들의 제 1회 살롱전 : 쿠르베, 피사로, 모네, 휘슬러, 마네는 〈풀밭 위의 식사〉를 제출한다)

1864년

니농에게 바치는 이야기. (공쿠르 형제, 『제르미니 라세르퇴』
발표)

1865년

알렉상드린과의 만남(1870년에 결혼), 공쿠르 형제들과 편
지 왕래. (마네, 〈올랭피아〉)

1866년

아세트사를 그만 두고 신문기고와 전업 작가로 살아감.
『내가 증오하는 것들』, 『나의 살롱』(마네 옹호), “한 죽은
여인의 소원”, “파리 소묘”

1867년

『마르세이유의 신비』, 『테레즈 라켕』(박이문 옮김, 문학동
네, 2003.) (칼 마르크스, 『자본론』, 불역 출간은 1875)

1868년

『루공-마카르 총서』를 10권으로 구상, 『마들렌 페라』. 공
쿠르 형제와의 첫 만남. 플로베르와의 교류. (마네: 〈발코니〉,
〈졸라의 초상화〉)

1869년

루공-마카르 총서 1권 『루공가의 운명』을 씀. (공쿠르 형
제, 『제르베제 부인』, 드가, 〈다림질하는 여인들〉)

1870년

『루공가의 운명』출간.

1871년

총서 2권『쟁탈전』(조성애 옮김, 고려원, 1995.)

1873년

총서 3권『파리의 복부』,『테레즈 라켕』이 연극무대에 오름.

1874년

총서 4권『플라쌍의 정복』,『니농에게 바치는 새로운 이야기』, (제 1회 인상주의 전시회 : 모네, 피사호, 시슬레, 세잔, 르느아르 모리소, 드가는 〈세탁부〉 제출)

1875년

총서 5권『무레 신부의 실수』

1876년

총서 6권『위젠 루공 각하』(드가, 〈압셍트〉)

1877년

총서 7권『목로주점』(정봉구 옮김, 을유문화사, 1973. ; 임해진 옮김, 청목, 1994.)

1878년

총서 8권『사랑의 한 페이지』(이미혜 옮김, 장원, 1996.), 메당의 전원주택 구입.

1879년

『목로주점』이 연극무대에 오름.

1880년

총서 9권 『나나』(정봉구 옮김, 을유문화사, 1973 ; 송면 옮김, 삼성출판사, 1967.), 『메당의 야회집』, 『실험소설론』(송면 옮김, 삼성출판사, 1967.). 어머니의 죽음으로 작가는 정신적 위기 겪음.

1881년

『자연주의 작가들』, 『연극에서의 자연주의』

1882년

총서 10권 『살림』(임희근 옮김, 창작과 비평사, 1995.)

1883년

총서 11권 『행복백화점의 부인들』발표, 『살림』이 연극무대에 오름.

1884년

총서 12권 『삶의 기쁨』

1885년

총서 13권 『제르미날』(최봉림 옮김, 평밭, 1989.)

1886년

총서 14권 『작품』(권유현 옮김, 일빛, 2002.), 인상주의 마지막 전시회.

1887년

총서 15권 『대지』

1888년

총서 16권 『꿈』, 잔느 로즈로와의 연인 관계.

1890년

총서 17권 『인간 야수』

1891년

총서 18권 『돈』, 졸라는 문학협회장이 됨

1892년

총서 19권 『패주』

1893년

총서 20권 『파스칼 박사』로 총서 완결지음.

1894년

세 도시 : 『루르드』

1896년

『로마』

1897년

드레퓌스 사건에 참여.

1898년

"나는 탄핵한다"로 드레퓌스 중위의 무죄 옹호. 이로 인해
졸라는 소송에 회부되고 유죄판결을 받고 영국으로 추방됨.

1899년

파리로 돌아옴. 4복음서 중『풍요』

1901년

『노동』 드레퓌스 중위를 옹호하는 글들의 모음집, 『행진 중인 진실』

1902년

9월 29일 졸라의 죽음. 『정의』는 미완성인 채로 남겨짐.

1903년

『진실』

1908년

졸라의 유해는 팡테옹으로 옮겨짐. (드레퓌스는 1906년에 복권됨)

나오는 글

졸라의 『목로주점』을 다시금 읽으면서 계속 긴장을 늦출수 없게 만드는 졸라의 탁월한 필치와 이야기 전개, 풍부한 상징성과 기호들의 짜임새, 지금 우리의 상황에도 교훈을 주는 보편성 등에 저자 본인도 새삼 많은 것을 새로이 느끼고 감동받으면서 행복한 시간을 보냈다. 졸라의 작품들은 프랑스, 미국, 캐나다, 유럽 등 세계 도처에서 현대적 분석시각 (주제론적, 발생론적, 사회비평적, 심리비평적, 기호학적, 서술학적, 예술상의 논리 등)으로 다양하게 분석되고 재해석되고 있으며 문학비평가 뿐만 아니라 철학자, 사회학자, 언어학자들도 졸라의 작품 해석에 새로운 지평을 열고 있다. 하지만 여기서는 학술적이고 난해한 것은 깊이 있게 들어가지 못한 것이 아쉽고 앞으로 좀 더 자세하게 다룰 수 있는 기회를 가질 수 있게 되기를 바란다.

『목로주점』의 후속편이라고 할 수 있는 『제르미날』은 목로주점에서 미흡하게 다루어졌다고 보이는 노동 문제들에 대해 좀 더 본격적으로 접근하고 있다. 『제르미날』은 더욱 풍부한 신화적 상상계 속에서 노동자와 자본가의 긴장과 대립을 보여주며 실제 그 후 유럽에서 일어날 노동운동에 대해서도 통찰력 있는 예지를 보여주고 있다. 졸라의 통찰력은 20세기 초 사회심리학자들에 의해 겨우 인지되기 시작한 대중의 존재와 심리에 대해서도 어떤 학자들보다 미리 예견하고 있었으며 보이지 않는 무의식적 차원, 환상적 차원으로까지 그 힘을 밀고 나간다. 사실의 철저한 관찰이라는 자연주의적 방식은 무의식과 환상의 세계까지 그 영역을 넓혀 나아간다. 이 세계도 바로 현실의 일부이기 때문이다.

졸라는 『인간야수』에서 그 당시 누구도 의심하지 않았던 진보론적 발전사관과는 달리 과학의 진보와 함께 역설적으로 되돌아오는 인간의 숨겨진 본능과 야수성에 대해 말하고 있다. 졸라의 독특성은 바로 철저하고도 객관적인 관찰에서 나온 이런 예지, 신화와 어우러진 풍부한 상상계, 교훈과 동시에 감동을 선사하는 천재적 이야기꾼의 기질에 있다. 게다가 말년에 정점에 달한 자신의 명예가 실추되는 위험을 알면

서도 드레퓌스 중위의 무죄를 옹호하면서 프랑스 지성인들
의 저항정신의 전통을 만들어낸 졸라는 진정 대중이 사랑한,
아니 사랑할 수밖에 없는 작가라고 분명히 말할 수 있다.

1) 참고 문헌 : 조성애, 「예술의 두 형제 : 에밀 졸라와 폴 세잔느」, 『프랑스 문학의 풍경』, 월인, 2001.

2) 1870년 프랑스가 프로이센과의 전투(보불전쟁)에서 참패하고 나폴레옹 3세는 포로로 잡힌다. 국민의회가 정권을 장악하지만 친프로이센, 부르주아 정부에 반대한 파리 시민들(노동자, 학자, 신문기자 등)은 파리에 바리케이드를 치고 정부에 대항해 파리만의 자치정부(파리 코뮌)를 세운다. 1871년 5월 21일 친프로이센파인 국민의회가 이들을 진압하기 위해 군을 투입한다. 3만 여명의 파리 시민들이 학살되는 피의 일주일이 시작된다. 이후 파리는 1899년까지 유일하게 시장을 두지 않았다.

3) 참고 문헌 : 조성애, 『자연주의 미학과 시학』, 동문선, 2004, pp. 153~154.

4) 참고 문헌 : 조성애, "에밀 졸라의 『쟁탈전』을 중심으로 본 소설론과 소설의 차이", 한국 불어불문학회 제 32집, 1996.

5) 무의 학파란 '무에 관한 책'을 쓰고자 한 플로베르 방식의 글쓰기를 말한다. 플로베르는 모든 것의 허영을 깨닫게 하는 책을 쓰기 위해 소설적 요소를 없애고 주제를 거부하거나 아무 것도 아닌 평범하고 무의미한 주제를 택해 쓰고자 한다. 거기에서 시골 중산층 여성의 몽상을 가차 없이 폭로한 『보바리 부인』이 탄생한다. (『자연주의 미학과 시학』, pp. 59~64.)

6) 졸라의 말년, 드레퓌스 중위를 모든 위험을 무릅쓰고 옹호한 것은 바로 이런 행동주의자의 한 면모를 직접적으로 보여준 것이다. 행동하는 지성, 양심의 졸라는 이후 사르트르, 부르디외로 이어지는 프랑스 지성의 행동주의적 전통의 기원이라고 할 수 있다.

7) Alain Pagès, Emile Zola, Bilan Critique, Nathan, 1993, p. 60. : 1972년 통계에 따르면 포켓판 목로주점은 80만 5천부(『루공―마카르 총서』 전체로는 841만 7천부), 1983년에는 228만부(『루공―마카르 총서』 전체로는 1794만

2천부)가 팔렸다.

8) 루공 마카르가의 마지막 후손인 파스칼 박사의 아이는 이런 생득성으로 인한 새로운 삶을 암시한다.

9) 유아적 행위는 제르베즈가 술래놀이 노래를 부르며 마치 방망이로 빨래를 두드리듯 비르지니를 방망이질하는 1장 공동 세탁장의 결투에서, 그리고 어린애 같이 소리 지르며 어린 딸 랄리를 때리는 아버지 비자르의 모습에서도 나타난다.

10) 그러나 곧 이런 알코올이 '파리를 침수시킬 막강한 힘'으로 은유되면서 파리라는 사회로 되돌아가는 순환적 힘을 예고하고 있다. 알코올은 노동자를 상징한다는 점에서 이런 은유가 노동자들에 대한 부르주아들의 두려움을 반영하는 것이긴 하지만 한 계층의 몰락에 연이은 한 사회의 동반 몰락을 의미하고 있다고 할 수 있다. 노동자층과 파리라는 부르주아계층과의 적대적 관계라기보다 같은 공동체의 운명으로 나타난다.

11) "발자크와 나와의 차이"에서 졸라는 "발자크는 남자, 여자, 사물을 그리고자 했다면 나는 남자와 여자를 자연적 차이만 빼고는 같이 보면서 이들을 사물에 종속시키고자 한다."고 말한다.

12) 『목로주점』의 냄새, 색채, 지형, 시간, 환상, 불안, 힘, 법칙들을 이끌어가는 모든 이미지 체계는 피난처의 주제라는 차원에서 설명될 수 있다.

13) 예를 들어 제르베즈가 동네 친구들을 초대한 축일 기념 성대한 파티는 거의 한 장에 걸쳐 나타나는데 바로 이 시간은 드라마 전개상 중요한 시점이 된다. 이 파티의 시간은 여주인공의 심리와 그 발전 과정을 이해하는 데에 있어 아주 중요하다. 랑티에가 돌아오고 받아들여진 시점은 파티의 나른한 분위기 속에서 가능한 것이었다. 이 장면 이후 제르베즈는 서서히 몰락의 길을 간다.

14) 카페 콩세르는 일종의 극장(혹은 공연장)으로 관객들은 담배를 피거나, 마시거나 돌아다닐 수 있다. 여기서는 주로 노래를 공연하지만 서커스, 팬터마임, 발레, 촌극 등도 선보이는 대중적 오락장이라고 할 수 있다.

15) 그로테스크한 육체는 졸라 이후 자연주의 소설가들을 매혹하며, 이들의 소설에서는 괴력을 보여주는 사나이, 서커스의 세계, 카바레의 곡예사가 많이 등장한다.

목로주점

펴낸날   초판 1쇄 2008년 6월 18일
          초판 2쇄 2011년 3월 30일

지은이   조성애
펴낸이   심만수
펴낸곳   (주)살림출판사
출판등록   1989년 11월 1일 제9-210호

경기도 파주시 교하읍 문발리 파주출판도시 522-1
전화   031)955-1350   팩스   031)955-1355
기획·편집   031)955-4675
http://www.sallimbooks.com
book@sallimbooks.com

ISBN   978-89-522-0932-0   04800
       978-89-522-0394-6   04800 (세트)

※ 값은 뒤표지에 있습니다.
※ 잘못 만들어진 책은 구입하신 서점에서 바꾸어 드립니다.